lliwiau liw nos

lliwiau liw nos
FFLUR DAFYDD

y Lolfa

Argraffiad cyntaf: 2005

Cynllun clawr: Richard Bevan
Llun awdur: Huw Walters

Rhif Llyfr Rhyngwladol: 0 86243 849 7

Cyhoeddwyd, argraffwyd a rhwymwyd yng Nghymru
gan Y Lolfa Cyf., Talybont, Ceredigion SY24 5AP
e-bost ylolfa@ylolfa.com
gwefan www.ylolfa.com
ffôn (01970) 832 304
ffacs 832 782

I Meilyr,
a'm dysgodd mai
'o ffilm i ffilm y mae byw'

RHAN I

FFLAT 3

EI FFROG wrth droed y gwely. Cynnwrf distaw'r llenni. Dyna oedd yn goch ac nid hi. Ond ni allai'r sylweddoliad hwnnw amharu ar y lliw a welai o'i flaen. Coch fel eirin peryglus, coch fel sodlau uchel nos Sadwrn, coch fel buwch-goch-gota'n gwingo yn yr haul. Tynnodd Gwydion orchudd y gwely'n ôl rhyw fymryn, i ddatgelu merch ifanc â chanddi groen fel hufen, gwythiennau lliw gwymon, a chilfachau duon rhwng bodiau a cheseiliau. Ac er nad oedd y lliw'n perthyn iddi, dychwelai'r un cochni, dro ar ôl tro, i ddawnsio o flaen ei lygaid.

Cododd ar ei eistedd, a gadael i'w chorun lithro o afael ei fraich dde cyn disgyn yn dawel yn erbyn y gobennydd. Byddai'n ei gadael yn yr un ffordd bob tro; heb eiryn, heb gusan, heb yr un goflaid. Roedd golau'r bore yn gwahardd y fath dynerwch, wrth rythu'n ddig trwy'r llenni, ac roedd hithau'n ddigon parod i dderbyn ei delerau llugoer. Ynni'r nos sydd ynom, dywedodd hi unwaith, doedd a wnelo'r dydd, a'i haul mawr hyderus, ddim i'w wneud â nhw.

Roedd cwsg yn bwysicach iddi na charu. Doedd yna fyth sôn am garu'r eilwaith ac, weithiau, roedd hynny'n ei siomi. Nid ei fod e'n siŵr bod hynny o fewn ei allu bellach, chwaith, ond roedd y ffaith bod y cyfan drosodd mor sydyn, a'i chefn noeth yn datgan y fath ddifaterwch, yn ei frifo. Unwaith roedd y weithred ar ben, cwsg oedd yr unig ganlyniad. Cwsg peraidd, didrafferth iddi hi, a hunllef effro iddo yntau. Cyn iddo hyd yn oed gael cyfle i'w chusanu, yr hyn oedd yn ddefod reddfol, chwyslyd iddo wedi'r caru, roedd hi'n chwyrnu, a phob anadl rydd a ddeuai ohoni eiliadau'n gynt bellach yn drafferthus iddi, fel petai ei cheg yn llawn plu.

Tarodd ei droed yn erbyn ochr y dresel, gan lyncu ebychnod yn ddwfn i'w grombil. Roedd sleifio o gwmpas yn y düwch bellach yn ddefod iddo. Fel y berthynas ei hun, roedd e'n rhywbeth annaturiol, chwithig, afreal i'w wneud, ond eto'n bwerus o ddirgel a chyffrous. Doedd e byth yn gwybod pa amser oedd hi'n union pan fyddai e'n codi'n araf o'r gwely a chau botwm olaf ei grys, ond doedd hynny ddim fel petai'n bwysig, chwaith. Peidio â gwybod, peidio â phoeni; yr ansicrwydd a'r perygl hwnnw oedd yn ei yrru i berfeddion y nos fel hyn. Cyfri'r eiliadau fesul edrychiad, y nosweithiau yn ôl siâp y lloer, a dehongli'r distawrwydd mewn dylifiadau – dyna'r modd chwerthinllyd y gwnâi synnwyr o'r byd. Dyna fyddai ei dechrau a'i diwedd hi, roedd e'n sicr o hynny.

Gresyn na fedrai fod yr un mor sicr ynghylch pam yn union roedd angen y berthynas hon arno o gwbl. Ildiodd i rywbeth a oedd mor ddiangen, mor ynfyd, gyda'r fath arddeliad nes dychryn ei hun yn llwyr. Cyfarfu â'r dieithryn oddi mewn iddo a hwnnw, nid ef, oedd bellach yn gwneud y penderfyniadau. Gwyliodd ei hun o bellter, yn sleifio i fyny'r grisiau, yn yngan y celwyddau fel dywediadau coeth, yn cyffwrdd â'i wallt yn y drych mewn modd na wnaethai erioed o'r blaen. Gwyddai ei fod yn ffŵl. Ond doedd *gwybod* hynny ddim yn ddigon. Nid dyna a deimlai, wrth iddi arllwys ei hwyneb i gwpan ei ddwylo, wrth iddo arogli'r gwanwyn yn ei gwallt – yn yr eiliadau prin hynny, teimlodd y rhyddid yn powndio'n ei waed.

Ond doedd e ddim yn rhydd. Roedd e'n gaeth i ystrydeb lwyr, y-dyn-priod-yn-cael-affêr, yn cuddio'r gwir rhag ei wraig a'i blentyn, ac yna'n cuddio am oriau yn y tŷ bach yn sgwrio'r arogleuon lafantllyd, dieithr oddi ar ei groen. Roedd yn gas ganddo ystrydebau. Mewn llai nag awr, fe fyddai'n gorwedd wrth ymyl ei wraig, Lena, ac yn gwylio'i llygaid yn rhuthro'n wyllt dan ei hamrannau, yn gwybod mai ei ymddygiad rhyfedd ei hun a berai iddi aflonyddu yn ei chwsg. Bob bore fe fyddai hithau'n mynnu adrodd rhyw hunllef anesboniadwy iddo, ac yntau'n ei dal yn dynn, yn gwybod mai ef a luniodd y fforestydd porffor, y tonnau duon, a'r anifeiliaid rheibus, dienw yn ei hisymwybod. Gan wybod nad ef oedd y dyn cyntaf i wneud hynny, a chan wybod bod cannoedd o wŷr priod ledled y byd yn wynebu'r un ofn, a chyffro dyddiol ag ef. Pryd y trodd ef, Gwydion Mitchell, y ffotograffydd, y dyn a fyddai'n ffonio ei wraig dair gwaith y dydd er mwyn clywed ei llais, yn creu lluniau dwl yn ddyddiol er mwyn difyrru'i fab i mewn i'r math o ddyn a oedd yn cael affêr?

Nid un graddol bu'r trawsnewidiad, chwaith. Fe'i gwelodd trwy'r ffenest rhyw noson a gwybod yn syth y byddai'n rhaid iddo ddinistrio'r cyfan. Wrthi'n chwilio am rywbeth y tu allan i'r adeilad yr oedd hi. Roedd hi'n dechrau nosi ar y pryd, a theimlodd ddyletswydd i'w gwylio, i'w gwarchod, rhag ofn y deuai rhywun allan o'r cysgodion ac ymosod arni. Heb feddwl, cydiodd yn ei gamera, a'i gweld yn chwyddo'n araf yn y lens, yn destun perffaith o fewn ffrâm y gwydr. Synhwyrodd hithau ei fod yn ei gwylio, cyfaddefodd wedyn, a dyna pam y bu hi yno am rai munudau, yn byseddu'r glaswellt yn synhwyrus wrth chwilio, ei gwallt yn chwipio'n euraid yn y gwyll. Dyna pam y cododd y gwrthrych o'r llawr mor araf, mor dyner, a'i ddal i fyny uwch ei phen, cyn hwylio, nid cerdded, nôl i'r adeilad. Dyna pam y cerddodd i fyny'r grisiau, heibio drws ei fflat ef, ac i fyny i'w fflat hi gyda rhythmau pendant, seingar, er mwyn iddo glywed ei bod yno. Y curiadau'n ei herio – ddoi di ar fy ôl i? Ddoi di ddim? Dyna pam, *dyna pam*.

Aros yn ei unfan a wnaeth Gwydion bryd hynny. Gan ryfeddu mor gyfyngedig fu naratif y camera; yr oedd wedi gweld ei llygaid, ei gwefusau a'i hysgwyddau noeth gyda manylder disglair, ond dim ond smotyn oedd y gwrthrych a gododd, ymhen rhai munudau, o'r llawr. Meddyliodd droeon am y gwrthrych hirgrwn, pinc hwnnw rhwng ei dwylo wrth iddi gerdded o'r golwg, ond feiddiai e ddim gofyn iddi amdano, rhag ofn. Châi e ddim gofyn dim iddi, roedd hynny'n un o amodau'r berthynas.

Bu'n rhaid iddo osgoi'r mater, felly, er gwaethaf ei chwilfrydedd, yn union fel y gwnaeth osgoi gofyn iddi am y pentyrrau gwyn o amlenni dirgel a oedd yn sbecian arno o droed ei gwely. Ac yn union fel y bu'n rhaid iddo osgoi crybwyll y llun ohoni a ganfu rhyw noson, wedi ei wthio o'r golwg rhwng dau lyfr yn y gegin. Llun wedi ei rwygo yn ei hanner. Hithau'n gwenu fel giât ac yn chwech os nad saith mis yn feichiog. Ei hwyneb yn gwyro rhyw fymryn i'r chwith, wrth iddi wenu, a hynny mor daer, ar rywun. Hanner llun. Dyna'r cyfan oedd ganddo, a dyna oedd swm a sylwedd y berthynas hefyd.

Roedd e'n meddwl droeon, a hynny'n ddolurus, am ddieithryn yn byseddu'r hanner arall. Yn cynddeiriogi'n ddistaw na chai wybod amodau'r llun, y berthynas, nac am hanes y beichiogrwydd hynny. Ond, yn yr un modd, doedd hithau heb holi dim am Lena, am ei briodas, am ei fab, nac am ei fwriadau. Ac os oedd hi'n ysu am ofyn, doedd hi erioed wedi bradychu ei theimladau trwy wneud yr hyn a wnaeth ef, sef pocedi'r llun heb yn wybod iddi, a chymryd perchnogaeth o'r dirgelwch.

Eiddigedd ydoedd, yn y bôn. Meddwl am ddieithryn yn byseddu'r hanner arall. Ac i ddyn twyllodrus, roedd dwyn llun yn teimlo fel gweithred gwbl naturiol. Er mae'r cyfan wnaeth oedd rhuthro adref a'i stwffio i berfedd rhyw ddrôr neu'i gilydd, roedd hynny'n ddigon i ddofi'r arswyd a berai'r llun iddo, gan wybod na châi syrthio'n ddamweiniol o'i guddfan fyth eto.

Roedd e'n dal i bendroni hefyd am y gwrthrych hwnnw a welodd yn ei llaw y noson gyntaf honno. Chwiliai am yr ateb droeon yn ei freuddwydion, yn yr un man hwnnw lle câi fod yno'n chwilota wrth ei hymyl. "Dyma fe!" clywai ei hun yn gweiddi, weithiau'n codi mochyn porslen o'r gwair, dro arall yn bysgodyn amrwd a'i lygaid yn fawr, neu weithiau'n ddoli glwt mewn ffrog fudr, a'r breichiau'n gam.

Sylweddolodd, oriau'n ddiweddarach, nad oedd ffilm yn y camera. Roedd y lluniau absennol hynny, y rhai a dynnodd mor ofalus, mor dyner, yn ei boenydio o hyd. Meddyliodd amdanynt yn gorffwys yn y gofod gwyn rhwng bod a pheidio â bod, yn toddi ac yn ailffurfio, yn ennyd a fyddai ar goll am byth yn yr awyr. Y diwrnod canlynol, yn ei stafell dywyll, teimlodd yn wag wrth weld printiau du a gwyn o ryw awdur neu'i gilydd yn rhwydo'n ddi-liw i'r lan. Sylweddolodd bellach pa mor ddi-hid ydoedd wrth wneud ei waith, wedi alaru ar weld awduron mewn siacedi lledr yn sefyll ar gornel stryd gyda'u coleri'n uchel a wynebau beirdd-mewn-hetiau'n crychu yn y gwynt. Doedd dim o'r ffuantrwydd hynny'n perthyn iddi. Roedd hi'n gwbl naturiol. Yn destun heb destunau. Ond châi e fyth dynnu ei llun. Roedd hynny'n amod arall roedd yn rhaid iddo ei dderbyn yn anniddig. Na châi fyth ei dal, nid felly.

Pan welodd hi'r eilwaith, yn y cnawd, cafodd ei ddenu'n nes eto. Roedd hi'n camu i mewn i'r adeilad, ac yntau'n gadael. Gwthiodd ei law i grombil ei fag a byseddu ei gamera, ond gwyddai'n syth bin y byddai'n rhaid iddo aros yn y fan honno. Doedd dim modd i'r camera ddal ei harogl, mor ddof ac eto mor danbaid ar yr un pryd, yn llenwi'i ffroenau yn un llif gwaedlyd gan wneud iddo deimlo'n benysgafn. Tarodd yn ei herbyn o'i herwydd. Cofiodd iddo ddweud rhywbeth fel "welais i mohonoch chi," wrth iddo hefyd ddychmygu sut deimlad fuasai gadael i'w law eiddgar lithro ar hyd ei chlun. Hanner ffordd i fyny'r grisiau fe drodd ei phen, a syllu arno am ennyd. Erbyn iddo droi ei ben yntau i gyfarch yr edrychiad, roedd hi wedi mynd. Gwasgodd gorff ei gamera unwaith yn rhagor, gan ysu am ei rhyddhau o'r düwch. Bu'r ddelwedd honno yn ei feddwl gydol y dydd, y ffotograff du a gwyn perffaith: symudiad araf, gosgeiddig ei gwddf wrth iddi droi yn ôl, mor ffres a dirybudd ag alarch yn codi o'r tŵr.

Caeodd fotymau ei grys. Edrychodd o gylch yr ystafell gan geisio dychmygu sut olwg fyddai yno hebddo. Awel ysgafn yn cynhyrfu'r llenni coch a merch aflonydd yn cysgu'n drwm ar gynfas gwyn. A'r lliwiau'n parhau i fywiocau yn y golau, gan ymyrryd â siâp y stafell, naws yr awr, a'i deimladau ef ei hun.

"Rhuddem brin rhwng perlau wyt ti," sibrydodd, gan gau'r drws ar ei ôl.

FFLAT 1

CREDAI LENA iddi ddarllen yn rhywle bod lliwiau'n gallu gweddnewid person, neu fod person yn medru gweddnewid lliwiau. Doedd hi ddim yn hollol siŵr pa un oedd yn fanwl gywir. On'd oedd pawb yn gweld lliwiau'n wahanol? Roedd ganddi ryw atgof o eistedd ar fws gyda'i modryb pan oedd yn ddeg oed, a gweld merch mewn ffrog eisin-o-binc. Ond mynnai ei modryb mai coch ydoedd, rhyw goch ych a fi, fel tomato'n pydru.

Wedi dweud hynny, doedd y naill beth na'r llall ddim yn gwneud llawer o synnwyr, a bodlonodd ar brynu pum tun o baent y prynhawn hwnnw yn y gobaith y byddai rhywbeth, rhywle, yn newid.

Gosododd y tuniau mewn rhes ar y llawr. Gwyrddlas, melyn, oren, coch, a phorffor. Roedd yna arwyddocâd pendant i bob un. Iddi hi roedd gwyrddlas yn lliw glân, clinigol, ffres; melyn yn felys ac yn faethlon fel teisen gynta'r prynhawn; oren yn gynnes ac eto'n afreal; coch lond ei groen o gariad, a phorffor yn nwydus, yn ddwfn, yn rhywiol. Sut y datblygodd y rhagdybiaethau hynny, doedd ganddi ddim syniad. Ond gwyddai, serch hynny, eu bod yn bodoli ynddi ymhell, bell cyn y daeth yr un lliw i'w golwg. Yn arwyddocaol o ryw rinwedd personol, annatod na fedrai hi ei enwi na'i ddisgrifio, dim ond ei deimlo. A'i ddigio, erbyn hyn. Dyna oedd un o'i ffaeleddau pennaf fel artist, wedi'r cyfan. Yr anallu llwyr i drin lliwiau'n sensitif.

Dyna pam roedd hi am roi'r dewis yn nwylo rhywun ychydig yn fwy synhwyrol. Gwyddai, wrth weld ei mab yn dod trwy gatiau'r ysgol gynradd y prynhawn hwnnw, fod ganddo fwy o hawl i'r dewis hwnnw na hi na'i gŵr, Gwydion. O'r eiliad y cydiodd yn ei law fe'i brawychwyd gan ba mor ddiymhongar yr edrychai ei lygaid bychain. Nid oedd mymryn o'r byd wedi cyffwrdd ynddo.

Felly, yr eiliad y cyrhaeddodd adref, gosododd y bychan rhwng y tuniau.

"Fi am i ti ddewis pa liw wyt ti ishe i ba stafell."

Doedd dim angen dweud gair arall.

"Hwn i'r stafell molchi," meddai, gan bwyntio at y melyn.

"Hwn i'r lolfa," meddai, gan bwyntio at y coch.

"Hwn i'r gegin," meddai, gan bwyntio at y porffor.

"Hwn i stafell ti a Dad," meddai gan bwyntio at y gwyrddlas.

"Hwn i'n stafell i," meddai, gan bwyntio at yr oren.

Syllodd hithau drachefn ar y tuniau. Gwelodd y synnwyr perffaith, glân, yng ngeiriau ei mab.

Dechreuodd ar y gwaith yn syth. Doedd hi ddim wedi trafod y mater gyda Gwydion a doedd hi ddim yn bwriadu gwneud. Roedd hi am i'r newidiadau ei daro yn ei wyneb fel paent oer pan ddeuai adref y noson honno. Ond efallai'n wir, na fyddai e'n sylwi ar yr elfen honno o'i neges. Roedd hi'n ddigon tebygol y buasai'n derbyn y paent ffres fel dim byd mwy na phaent.

Crwydrai ei meddwl wrth baentio, gan straffaglu'n

herciog o'r naill feddylfryd i'r llall. Roedd ei gŵr yn ddyn a fyddai'n edrych ond byth yn *gweld*. Gallai hyd yn oed ei glywed yn dweud, "dim ond lliw yw e, Lena," a hynny mewn llais a fyddai'n mynnu rhoi terfyn ar bob dim. Ffotograffydd ydoedd, a'i fryd ar brintiau du a gwyn. Dyna fu'r gagendor rhyngddynt erioed. Gwelai ef liw bob amser fel nam, fel trosedd, yn rhwystro perffeithrwydd y llun, a hithau'n mynnu ei wthio i bob twll a chornel, gan ofni gofod y düwch anghyfarwydd, gwacter y gwyn cyffredin.

Ond yn ddiweddar, roedd hi'n sicr ei bod wedi synhwyro rhyw liwiau rhyfedd yn cripian i mewn i'w fywyd, heb yn wybod iddo, bron. Prynodd grys-T oren, a chanddo rimyn porffor, er mai'r cyfan a wisgai fel arfer oedd jîns du a chrysau gwyn. Roedd e wedi dechrau yfed sudd coch-yr-aeron wrth y bwrdd brecwast, gan dorri'r ddefod foreol o ddŵr a choffi du. Roedd ei lygaid hefyd, a sgleiniai'n ansicr rhwng brown golau a glas, wedi dechrau edrych yn fwy gwyrdd. Ond doedd dim pwynt iddi ddweud hynny wrtho. Doedd ganddo ddim amynedd gyda'r hyn a ystyriai yn ddim ond arsylwadau gwirion, ac fe fyddai heb os wedi gweld ei syniadau lliwgar fel ymyrraeth o ryw fath.

Roedd pob cornel, pob arogl a phob llygedyn o olau yn yr ystafell ymolchi yn dynodi rhyw gyfnod arall yn eu hanes. Adeg pan oedd angerdd yn ewyn y sebon, nwyd mewn tywelion crasboeth, a thynerwch yn yr arwyddion bychain o'i gilydd a fyddai yno wedi i un ohonynt adael y tŷ, rhyw arwydd bach iddynt gyffwrdd yn y stafell − gweddillion y past dannedd yn diferu'n ddiog dros arian y tap, marciau dannedd mewn darn o dost mêl-felys ar ochr y bath, neu hosan wrthodedig yn llechu'n ddistaw wrth droed y sinc. Y gwrthrychau'n eu plethu trwy gyfrwng gofod ac amser; roedd Lena'n arfer meddwl mai dyna oedd sylfaen cariad. Yr absenoldeb yn eich taro'n sydyn; byrhoedledd y byd lond yr ystafell.

Ond nid felly roedd pethau bellach. Roedd gan y gwacter rhyw hud, rhyw gysur rhyfedd, a'r oriau hynny heb ei gŵr yn ei galluogi i ddehongli pethau'n araf bach, fel y mynnai. Wrth iddi daenu'r melynwy ar hyd y waliau'r prynhawn hwnnw, roedd hi'n ail-fyw'r sgwrs finiog a gafodd hi â Gwydion rai dyddiau'n ôl. Roedd hi'n eistedd ar ochr y bath ar y pryd, er ei bod hi wrth gofio'n ôl wastad yn meddwl ei bod hi *yn* y bath. Mae'n rhaid bod ei meddwl wedi addasu'r llun er mwyn cyd-fynd â'r iselder emosiynol a deimlai'r adeg honno. Yn anffodus roedd rhyw bwysau newydd, annymunol ynghlwm â'r atgof, gan wneud iddi deimlo'n annifyr. Roedd wedi ceisio dileu'r atgof o'i meddwl – gan wybod nad oedd pwrpas mewn ymdrybaeddu mewn hen eiriau, ond dyna oedd ffawd rhywun fel Lena; y rheidrwydd i gysylltu geiriau â lleoedd, pobl â lleoliadau, lliwiau ac emosiynau.

Roedd Lena'n eistedd ar ochr y bath. Roedd Gwydion yn brwsio'i ddannedd.

"Be wyt ti'n ei weld pan fyddi di'n edrych arna i?" gofynnodd iddo.

Poerodd Gwydion yn y sinc. Edrychodd yn syth i lygaid y drych.

"'Sdim amser 'da fi i hyn, Lena."

"'Mond cwestiwn yw e, Gwydion, nid tasg. Jyst edrych arna i a gwed beth wyt ti'n 'i weld... *sut* wyt ti'n 'y ngweld i..." Toddodd y geiriau'n ddim yn stêm y stafell.

"'Wy jyst ddim cweit yn deall beth rwyt ti ishe'i glywed..."

"Ddim beth 'wy ishe'i glywed yw'r pwynt. Beth wyt ti'n 'i *weld*, Gwyds? Dyna 'wy ishe'i wbod."

"Lena, wyt ti'n wraig i fi... wyt ti'n fam i 'mhlentyn i... dy'n ni ddim angen 'whare rhyw gêm dwl fel hyn," oedd ateb Gwydion. Roedd e'n dechrau gwylltio. "Jyst gad hi, Lena. Ti'n gwbod shwt dwi'n teimlo am... am nonsens."

Ydw, ysodd am ei rhyddhau o'i chrombil, roeddet ti'n arfer chwerthin. Roeddet ti'n arfer fy nghusanu i. Canodd y gair 'nonsens' yn ei chlustiau, fel dŵr poeth yn cythru trwy'r pibellau. Safodd y tu ôl iddo, gosod ei dwy fraich yn dynn am ei wasg, ac anadlu i mewn ac allan dros ei gefn noeth. Yna, cododd ei llygaid uwchben ei ysgwyddau, a syllu'n syth i'w lygaid yn y gwydr.

"Be weli di?"

"Rhywun sy'n rhy hen i fod yn cellwair."

"Nage cellwair ydw i!" cododd ei llais.

"Nage fe?"

Llithrodd Lena ei chorff dan ei gesail. Mewn un symudiad ystwyth roedden nhw wyneb yn wyneb.

"Be ti'n golygu wrth 'ny?"

"Dim byd," meddai, gan edrych heibio iddi.

Rhoddodd gynnig arall arni.

"Beth wyt ti'n 'i weld pan fyddi di'n edrych arna i?"

Petrusodd.

"Wal," meddai, a cherdded allan o'r ystafell.

Roedd hi wrthi'n paentio o gylch y drych. Gallai weld ei lygaid o hyd, yn caledu yn y drych, yr arian oer yn eu llenwi. Fe oedd yn iawn, wedi'r cyfan. Os nad oedd hi'n wal bryd hynny, roedd hi'n sicr yn un erbyn hyn. A dwcud y gwir, fedrai hi ddim cerdded heibio i unrhyw arwynebedd concrid heb feddwl am y caledwch oddi mewn.

Dim ond ar nosweithiau glas roedden nhw'n caru bellach. Nosweithiau pan fyddai'r tristwch yn lasach na gorchudd y gwely. Fel arfer fe fyddai hi wedi crio ar ôl swper am rywbeth roedd Gwydion wedi ei ddweud. Yna, fe fyddai hi'n mynd i'r bath a sylwi na fedrai gofio'r un geiryn o'r hyn a ddywedodd, tra byddai Gwydion yn aros amdani, yn aros ac aros tra oedd ei bochau hi'n cochi yn stêm yr ystafell ymolchi, a'i gwallt yn cyrlio mewn ystyfnigrwydd. Er nad oedd hi eisiau mynd ato, roedd hi wedi cael llond bol ar aros yn ei hunfan, cymaint o lond bol fel nad oedd dim amdani ond mynd ato, i'r gwely. Ac anghofio'r geiriau, a'r disgwyl, a phob dim a'i brifodd, a hynny er mwyn caru ar noson na allai ei disgrifio fel unrhyw beth ond glas. Glas fel cysgod ffenest liw, glas fel y gaea'n gafael.

Wedi iddi orffen paentio, eisteddodd ac edmygu ei gwaith. Roedd yna ynni newydd yn yr ystafell, rhywbeth oedd yn argyhoeddi, rhywsut. Yr unig broblem oedd na fedrai hi ddychmygu Gwydion yn yr ystafell. Mewn unrhyw ran ohoni.

Roedd fel petai hi wedi paentio dros Gwydion yn gyfan gwbl, wedi ei ddileu o'r llun.

FFLAT 2

ROEDD SŴN yr allwedd yn nrws ei fflat yn rhy
anghysurus o lawer, meddyliodd Cain Lewis. Fel
brics a morter yn troi yn ei glustiau. Ac er bod agor y
drws hwnnw'n dynodi diwedd ar nifer fawr o bethau
amhleserus, roedd e hefyd yn dynodi ffin rhwng dydd a
nos, ffin a oedd yn peri gofid mawr iddo bellach.

Roedd ei ddiwrnod wedi dilyn y patrwm arferol, yn
ôl y disgwyl. Gwyddai cyn agor ei lygaid y bore hwnnw
y buasai'n cerdded trwy'r ddinas yn ei siwt, yn galw yn
siop y gornel am frechdan i ginio, yn cyfarch Mandi,
Andi a Trixie yn y dderbynfa a meddwl pa mor hyfryd y
buasai gosod ei ddwylo ar fronnau Mandi, yn yfed coffi
am ddeuddeg gyda'r dyn-trwsio-peiriant-cawl-cyw-iâr,
yn anwybyddu tair galwad amser-cinio oddi wrth ei fam,
ac yn gadael y swyddfa am hanner awr wedi pump yn
union, heb ddweud hwyl fawr wrth neb. Rywbryd yn
ystod y diwrnod hwnnw, gwyddai y byddai'n darganfod,
unwaith eto, fod y bara o siop y gornel yn sych, bod
negeseuon ei fam yn gwbl ddigyfeiriad, a bod pob dyn
arall yn y swyddfa eisoes *wedi* rhoi eu dwylo ar fronnau
Mandi. Dyma oedd ei ddiwrnod, *bob* diwrnod, ac roedd
hynny'n rhyw fath o gysur rhyfedd iddo.

Ond rhyw fis yn ôl, newidiodd y cyfan. Yr hyn oedd
yn ei ddigio am y newid hwnnw oedd y ffaith nad oedd
e'n gyfrifol am hyd yn oed y nesa peth i ddim ohono.
Petai e, er enghraifft, wedi penderfynu peidio â bwyta'r

diwrnod hwnnw, yna fe fyddai'n hyderus o'r ffaith mai fe, ac nid yr un pŵer arall, oedd wedi amddifadu'i stumog. Ond pan oedd rhywun arall yn dwyn eich brechdanau chi, yn eu taflu i geg ci mawr barus, a gorchymyn i'r ci hwnnw eich dilyn chi am ddyddiau, roedd hynny'n rhywbeth arall.

Wrth gwrs, sôn yn ffigurol roedd e. Mewn gwirionedd doedd yna ddim ci o gwbl, ond yn sicr teimlai fel pe bai rhywun yn ei ddilyn.

Damwain oedd hi. Gallai fod wedi meddwl am sawl gair arall i ddisgrifio'r digwyddiad, ond dyma'r unig ddiffiniad urddasol. Oedd, roedd damweiniau gwaeth, cydnabyddai hynny. Doedd 'na ddim gwaed yn staenio'i drywsus na chyllell arian yn gorffwys yn ei goes. Y cyfan a ddigwyddodd iddo mewn gwirionedd oedd iddo gael ei daro ar ei ben gan esgid. Esgid. Mor syml â hynny.

Nid esgid hardd chwaith. Esgid binc, dyllog. Fel arfer, fe fyddai wedi synhwyro o'r eiliad y'i gwelodd y gallai gwrthrych o'r fath ddinistrio cydbwysedd onglog, du a gwyn ei fflat. Roedd e'n credu'n gryf mewn cymesuredd, a wnâi un esgid mo'r tro o gwbl, yn enwedig nid rhwng y rhes o gyrff lledr, sgleiniog, tywyll ar ei resel esgidiau. Roedd e'n amau'n fawr a oedd hi hyd yn oed yn addas i'r cwpwrdd cotiau, gan y byddai gadael iddi swatio'n llechwraidd ar lawr o farmor glaslwyd yn ormod o annifyrrwch i'w lygaid. Doedd e ddim hyd yn oed yn gallu meddwl amdani'n gorffwys yn y bin, gan y byddai hynny'n tarfu ar berffeithrwydd arian y clawr, ac fe fyddai'n siŵr o'i gadw'n effro liw nos, yn meddwl am y pincrwydd heriol yn cael ei addurno â hwmws-dros-ben. Doedd dim lle iddi, felly, yn ei fywyd. Gwyddai hynny'n bendant.

Ond pan gafodd ei daro ganddi, roedd hi'n stori

wahanol. Roedd e'n agosáu at yr adeilad ar y pryd, yn edrych mlaen at droi'r clo er mwyn i'r diwrnod ddiflannu. Ond cyn iddo gyrraedd y cyntedd, teimlodd yr ergyd ar ei ben. Ei reddf gyntaf oedd edrych i fyny a chwilio am ryw fath o eglurhad am yr hyn a ddigwyddodd. Ond stopiodd yn sydyn wrth sylweddoli y buasai hynny fel cydnabod ei fod wedi ei frifo: cystal â dweud bod 'na glais coch yn dechrau ffurfio ar ei ben moel a bod ei falchder wedi'i frifo. Yn hytrach, agorodd ei gês, gosod yr esgid rhwng ei ffeiliau, a cherdded i mewn i'r adeilad ac i fyny'r grisiau i'w fflat.

Rhoddodd y digwyddiad hwnnw ddiwedd ar y mwynhad a gâi ar nosweithiau fel heno. Y math o noson ddigynnwrf arferol lle y byddai wedi teimlo'n gysurus yn ei gartref ei hun. Gan wybod na fyddai neb yn galw. Gan wybod, petai e'n dymuno, y câi ddawnsio o gylch ei fflat mewn twtw gwyn a llopanau arian, yn canu *Nessun Dorma* mewn llais uchel. A chan gymryd ysbaid bob hyn a hyn i bori yn ei wyddoniadur afiechydon ffyddlon, er mwyn ceisio datrys ychydig ar y dirgelwch ynghylch y boen yn ei bengliniau. Gan wybod hefyd, rywle ym mêr ei esgyrn brau, nad oedd ganddo'r gallu i ddawnsio, nad oedd e'n gwybod y geiriau i *Nessun Dorma* beth bynnag, a dim ots pa esboniad roedd gan y Gwyddoniadur i'w gynnig, fe fyddai'n sicr o gredu ei fod ar fin marw, a hynny yn y fan a'r lle.

Ers iddo gael ei daro ar ei ben gan yr esgid dyngedfennol honno, roedd rhywfaint o'i ffydd mewn amser a heddwch wedi diflannu. Roedd y digwyddiad wedi gwyrdroi trefn pethau, ac oherwydd hynny, fe drodd ei nos Wener arferol, ddistaw, gysurlon yn rhywbeth anghysurus. Doedd e ddim wedi arfer ag ymwelwyr; yn sicr doedd e ddim yn hoff o dderbyn cnoc annisgwyl wrth y drws. Yr eiliad y clywodd y sŵn hwnnw, teimlai ei groen yn troi tu chwith allan. Yn sydyn iawn, ni wyddai Cain Lewis beth oedd ei ffawd ei hun; ac roedd e'n casáu hynny, yn casáu pwy bynnag a wnâi iddo deimlo felly.

Wrth gwrs, doedd hi ddim yn rhy hwyr i reoli'r sefyllfa. Petai'n gwrthod ateb y drws fe fyddai'n parhau i reoli ei dynged ei hun.

Ond daeth ail gnoc. Yn fwy cadarn y tro hwn. Roedd bwriad yn y curiad hwnnw, bwriad a saethodd yn syth i'w wythiennau ac a wnaeth iddo agor drws y fflat heb adael i'r un meddylfryd arall gamu i'w feddwl.

Merch ifanc yr olwg, a chanddi archwaeth gwyllt yn ei llygaid.

"Wel?" mynnodd.

"Sori i'ch trafferthu chi ar nos Wener, ond eisiau gwybod oeddwn i ydych chi 'di gweld esgid?"

Roedd hi'n edrych fel y teip i daflu sgidiau, meddyliodd Cain.

"Allech chi fod wedi lladd rhywun 'da'r peth 'na."

Llamodd aeliau'r ferch mewn gobaith.

"Chi wedi'i gweld hi?"

"Na."

"Ond wedoch chi…"

"Gallech chi fod wedi lladd rhywun gyda'r peth 'na."

"Oes modd i mi…"

"Nage Sinderela y'ch chi nawr, ife? O'dd tipyn mwy o faners 'da hi…"

"Galla i fod pwy bynnag ry'ch chi am i mi fod…"

"Gwallt brown oedd gan Sinderela," meddai'n bwdlyd.

Cofiodd yn sydyn ei fod wedi gadael yr esgid ar y soffa, ac y gallai'r ferch ei gweld, petai hi ond yn troi ei phen fymryn i'r chwith. Lledaenodd ei ysgwyddau, mewn ymdrech i lenwi ffrâm y drws, a chuddio'r ffaith honno oddi wrthi. Chwarddodd y ferch.

"Pam rych chi'n 'neud 'na?"

"Gwneud beth?"

"Hwnna!" Gwnaeth hithau'r un fath. Chwyddodd ei bronnau yn y leicra coch a bu bron i'w lygaid ddisgyn o'i ben.

"Sa i'n gwbod am beth rych chi'n siarad. Nawr os nag o's ots 'da chi... ."

"Wel 'na'r peth, chi'n gweld. *Ma* ots 'da fi," meddai mewn llais mwy cras. "Ots 'da fi boch chi'n gweud boch chi heb weld yr esgid, ots 'da fi boch chi'n amlwg wedi'i gweld hi'n cwympo, ac ots 'da fi bod hi ar 'ych soffa chi, lle 'wy'n gallu'i *gweld* hi."

Rhewodd yn ei unfan. Doedd e ddim yn gwerthfawrogi iddi wyrdroi'r cynllun mor sydyn.

"Ma wastad lle i drafod, ond o's e? Gymrwch chi baned?"

"Jyst yr esgid os gwelwch yn dda."

"Mae cwpwl o Fondant Fancies 'da fi yn y cwpwrdd."

"Yr esgid. *Nawr* plîs."

Symudodd yn araf tuag at y soffa. Cydiodd yn yr esgid. Na, doedd hyn ddim yn iawn. Fedrai e ddim rhoi'r esgid yn ôl iddi mor hawdd, mor ddiseremoni, yn enwedig wrth ystyried y byddai, am wythnosau lawer, yn dal i ofni y byddai pob dydd yn cynnwys esgid hunllefus, mewn rhyw ffordd neu'i gilydd. Roedd yn rhaid iddi ddysgu. Dysgu nad oeddech chi fod newid trefn pethau fel 'na, yn enwedig gyda'r fath ergyd. Roedd yn rhaid clymu'r digwyddiad yn un cwlwm perffaith, gan osod pob dim yn ôl yn ei briod le.

Taflodd yr esgid allan trwy'r ffenest.

"Beth yffach y'ch chi'n neud?" ebychodd y ferch.

"Taro'r post i'r pared gael clywed," meddai, gan wenu a chau'r drws.

RHAN II

FFLAT 2

CANODD Y FFÔN unwaith, deirgwaith, wyth gwaith, dau ddeg naw o weithiau. Roedd ei fam yn fenyw benderfynol.

Tri deg.

Tri deg pump.

Wedi deugain caniad, roedd Cain yn barod amdani. Yr un patrwm fyddai i'r sgwrs bob tro:

— Helô?

— O's rhwbeth yn bod ar y ffôn ma, gwed?

— Newydd gyrradd miwn ydw i.

— Fi'n credu dylet ti jecio 'i fod e'n iawn t'mod, rhag ofan bod problem.

— O'n i mas, Mam, fel wedes i.

— O, da iawn bach. Awyr iach yn neud byd o les on'd yw e? Est ti i rwle neis?

— Aldi.

— O, ma fan'na fod yn itha neis. Gest ti rwbeth neis?

— Special offer Hula Hoops. Hanner pris.

— O, 'na beth yw *treat*. O't ti wastad yn byta lot o dato pan o't ti'n blentyn, nag o't ti? 'Na pam ti'n lico'r Hula Hoops ma nawr, siŵr o fod.

— Ie, ie. "Gochel y pechod cyntaf canys y mae lleng yn dynn wrth ei sawdl…"

— 'Na ti bach, yn union. "Mae hen gof gan hen gi!"

Roedd y sgwrs yn amrywio, wrth gwrs. Os nad oedden nhw'n trafod Aldi, fe fydden nhw'n trafod Tescos ac os nad oedden nhw'n trafod Hula Hoops, trafod Special K fydden nhw. Ar ddiwrnodau difyr fe fyddent hyd yn oed yn trafod y ffaith bod y tiwna, tun 9c o Aldi, yn blasu fel bwyd cath. Ond beth bynnag a gâi ei drafod, roedd hi'n allweddol eu bod yn glynu wrth y patrwm, yn troedio'r llwybr llinellol, cywir, amhersonol, lle caethiwyd ei bersonoliaeth mewn bocsys a thuniau. Weithiau, fe dybiai fod ei fam yn credu nad oedd unrhyw beth mewn bywyd yn ddilys heblaw'r hyn a âi trwy'r til.

Gwyddai ei fam, wrth gwrs, ei fod wedi anwybyddu ei galwadau blaenorol y diwrnod hwnnw. Roedd hi'n ddefod ddyddiol o faddau a derbyn rhwng y ddau, a'r sgwrs yn cripian o gwmpas y gofod du rhyngddynt, yr un roedd Cain yn ofni syllu i'w grombil yn rhy hir, rhag ofn iddo syrthio i mewn. Roedd hi'n hurt, meddyliai, fod ei fam yn parhau i'w ffonio bob eiliad o'r dydd, ond roedd arno angen ei hymyrraeth erbyn hyn, gan wybod bod ei galwadau niferus yn dacteg fwriadol ar ei rhan, er mwyn rhoi cyfle iddo i'w hanwybyddu, er mwyn rhoi'r argraff iddo fod ganddo ryw fath o reolaeth dros ei fywyd ei hun. A dyma'r gêm, felly. Mam a mab yn chwarae gêm anweledig, ddistaw rhwng gwifrau ffôn. Gan wybod, ond heb ddweud. Gan ddehongli, ond heb drafod. Pan fyddai Cain yn meddwl gormod am y peth ac am gyfnod rhy hir, fe fyddai'n estyn yn syth am y botel chwisgi, neu'n waeth byth, yn estyn am ei wyddoniadur er mwyn rhagweld effeithiau meddygol, hir dymor, ei ddibyniaeth ar ei fam.

Ond synhwyrodd rywbeth gwahanol yn ei llais y noson honno. Rhyw gryndod yn gymysg â chyffro, rhyw daerineb cloff yn ei llais, a'r bygythiad o newyddion go iawn. Roedd yn llawer gwell ganddo fe'r gwacter. O leiaf roedd bellach yn hen law ar drin y ddyfnant fawr ddu.

— Helô... Cain?

— Pwy arall chi'n disgwyl?

— Wel... 'wy jyst 'di arfer aros mor hir... ti 'di ca'l rhywun rownd i neud y ffôn do fe?

— Ma rhywun i godi'r ffôn yn help, chwel.

Llyncodd ei surni a gwrando ar ei fam yn anadlu'n ddistaw. Torrodd honno arwyneb y distawrwydd gan blymio'n syth i'r dyfnderoedd. Gwrandawodd Cain ar y cylchoedd yn lledu, gyda'i ben yn troi.

— O Cain bach, sa i'n gwbod beth i weud... ti 'di 'neud hi nawr, on'd do fe?

— Beth ma hwnna fod meddwl?

— Paid mynd yn grac nawr...

— Sa i *yn* mynd yn grac. Beth yn union 'wy fod wedi neud?

— Hen beth bach crac o't ti pan o't ti'n fach 'fyd...

— Fi'n *iawn*, Mam.

— Pawb yn gweud bod ishe therapi arnot ti ond wedes i na, bydd y crwt yn iawn, gadwch e fod... ma'r pethe ma'n sorto'u hunan mas, on'd y'n nhw...

— Mam – o's rhwbeth 'da chi weud? Achos sdim lot o amser 'da fi...

— Gronda, Cain... y rheswm fi'n ffonio yw achos, achos... wel... da'th Julie ma heddi.

Julie. Dylai fod wedi synhwyro'r enw hwnnw yn y cyfarchiad cyntaf. Roedd ganddi ryw bresenoldeb miniog, chwithig, hyd yn oed ar weflau pobl eraill. Teimlai lwnc ei fam yn tewhau.

— Beth o'dd hi'n moyn 'de?

— O, t'mod, sgwrs fach.

— Ambiti beth?

— Wel… arian yn benna. Ti'n gwbod faint wariodd ei thad hi ar y briodas 'na, on'd wyt ti?

Wrth gwrs ei fod e. Diau fod y swm wedi'i serio ar ei ben-ôl erbyn hyn.

— Wel, so' ti'n meddwl falle dylet ti fod yn talu bach o' fe nôl erbyn hyn? Ti *yn* ennill cyflog on'd wyt ti… a ti sbwyliodd y diwrnod i bawb, yn rhedeg bant fel 'na… a ta beth, bydden i'n bersonol yn tymlo lot yn well se ti'n…

— Olreit, Mam. Hala i siec atyn nhw.

— O da iawn… 'wy'n falch i glywed, ti'n gwbod… dy fod ti'n barod i wynebu dy gyfrifoldebe…

— Ni 'di bod trwy hyn…

— Wel wy'n gwbod… *ond*…

— Ond?

— Cadw di'r siec nôl am damed bach…

— Ie, ond gore pwy gynted 'yn mod i'n setlo pethe…

— Ie, ond… wel… nage 'na'r un ola fyddi di'n sgwennu iddi…

— 'Wy ddim yn talu am therapi iddi hi, os 'na beth s'dach chi…

— Wel nage, Cain… drych… 'wy ddim yn gwbod pam nag o'dd hi wedi dweud hyn wrthot ti 'i hunan… yn lle dweud 'tha i… 'wy 'di bod yn poeni'n 'unan yn dost am y peth… a… *do's* dim ffordd rhwydd o weud hyn, Cain…

— Gwell mas na miwn, Mam, 'na beth y'ch chi wastad yn 'i w…

— Ie, wel… 'na'r pwynt, bach. Ma fe miwn, ond bydd e'n dod mas…

— Mam! Gwedwch er mwyn y…

— Babi, Cain. Ma Julie'n mynd i ga'l babi.

Methodd Cain ddweud yr un gair wedi hynny a gosododd y ffôn yn ôl yn ei le. Saethodd dau feddylfryd i'w ben. Y cyntaf oedd y modd di-hid roedd ei fam wedi dweud y gair 'babi' fel petai hi'n dal i siarad am nwyddau'r archfarchnad, a'r ail oedd y ffaith bod Julie wedi dewis dweud wrth ei fam, o bawb, yn gyntaf.

Ond efallai ei fod e'n haeddu'r fath driniaeth, wedi'r cyfan. Doedd e ddim wedi bwriadu ei gadael hi, nid o dan y fath amgylchiadau o leiaf. Ond doedd e ddim wedi bwriadu ei phriodi hi chwaith. Roedd y tri mis cyntaf yn hawdd. Roedden nhw naill ai yn y dafarn neu yn y gwely, ac yn y ddau achos roedd e'n rhy ofnus, ac yn rhy feddw, i allu cofio pwy oedd hi go iawn, heb sôn am ei disgwyliadau hi. Goddefodd y tri mis wedi hynny am ei bod hi wedi mynd i ffwrdd i Ffrainc fel rhan o'i swydd a chyn iddo allu meddwl am ffordd i ddod â'r cyfan i ben roedd hi eisoes wedi hawlio tri bachyn o'i goeden fygiau. Wedyn, yn syml, roedd hi'n flwyddyn. A phethau wedi mynd yn flêr.

Doedd dim troi nôl ar ôl blwyddyn, dyna ddywedodd ei fam. Felly cytunodd. Cytunodd i ddyweddïo, priodi, gwario mil-dau-gant-a-gwirion ar yr holl drefniadau, heb sôn am yr arian wariodd ei thad, hyd nes roedd e'n syllu arni'n cerdded tuag ato mewn bwystfil o ffrog briodas ac yn meddwl gymaint roedd hi'n edrych fel gŵydd. Doedd ond un peth amdani. Rhedeg. A dyna wnaeth e. Nerth ei draed bach crynedig, rhedodd heibio i Julie, y gwesteion, y capel, a'r pentref.

Gwyddai, wrth geisio adennill ei anadl mewn cae cyfagos, bod yn rhaid iddo ddysgu sut i ddweud na. Roedd e bron yn sicr ei fod wedi yngan y gair bychan, syml hwnnw ar sawl achlysur, ond bod Julie wedi mynnu ei gamgymryd am y gair 'ni', y gair mwyaf brawychus mewn hanes. "Wrth gwrs fe fyddwn *ni*'n symud i'r wlad pan fydd Cain yn cael ei ddyrchafiad." "*Ni*'n meddwl rhoi'r gorau i fwyta cig coch." "Pan fyddwn *ni'n* ein hwythdegau" – po fwyaf o ddefnydd a wnaed o'r gair, y mwya yn y byd y teimlai Cain y gair 'fi' yn cael ei erydu, a'i hunaniaeth sengl, unigol yn cael ei naddu'n ddim gan y 'ni' pigfain, garw. Nid damwain oedd hi mai dyma sillaf gyntaf y geiriau 'niweidiol' a 'niwl', meddyliodd yn hunangyfiawn. Bore'r briodas, canfu rhyw nerth o rywle, a llwyddodd i gydio yn yr 'i' syrffedus hwnnw, ei stwffio dan ei gesail a'i gyfnewid am 'A' mawr trwchus, · pendant, gan redeg oddi yno er mwyn claddu'r llafariad arswydus mewn cae digon pell o'r capel.

Tresmaswyd ar ei feddyliau gan sŵn uwch ei ben. Sŵn traed yn hedfan i bob man. Gwyddai'n iawn pwy oedd yn gyfrifol am hynny. Sinderela. Yn dawnsio. Roedd hi'n gwneud hyn weithiau. Yn dial arno am daflu'r esgid, mae'n siŵr, gan ddefnyddio'r union offeryn hwnnw er mwyn ei arteithio. Dyna hi eto. Fel llygoden fawr ar wib dros y llawr.

Gwyddai y byddai'n rhaid iddo siarad â Julie. Dyna oedd ei nod hi, wedi'r cyfan. Doedd neb yn ymweld â'i fam heblaw bod 'na gynllun ehangach yn rhywle.

Babi.

Oedd hi'n dweud y gwir?

Cofiodd y sglein rhyfedd hwnnw ar ei hwyneb, ychydig ddiwrnodau cyn y briodas.

A'r disgleirdeb annaturiol yn ei llygaid.

A'r bloneg brawychus.

Ac yntau'n ei gamgymryd am gynnwrf cariad. Dyna wnaeth ei ddychryn, mewn gwirionedd.

Ei fabi e? Oedd posibilrwydd bod 'na ddyn arall?

Na, roedd hynny'n rhy hawdd. Doedd Julie ddim am wneud pethau'n hawdd iddo.

Babi; dywedodd y gair yn uchel wrth ddeialu'r rhif. Babi. Baban. Swniai'r gair fel dwli pur, fel iaith estron na fedrai ei meistroli.

— Helô Julie… ym… Cain sy ma…

— Cain!… Alla i ddim… alla i ddim… O!

Roedd hi'n crio. Roedd ei hymateb yn ddigon teg, o ystyried mai'r trywydd olaf ohono yn ei chof oedd delwedd o'i ben ôl yn carlamu tua'r drws.

— Julie, gronda…

— Sa i'n moyn… Sa i'n gallu…

— Julie, ma'n *rhaid* i ni drafod hyn.

— Ma dy fam 'di gweud 'tho ti, te? Am y babi?

Babi. Y gair yna eto. Mor oer, mor ddiangen. Roedd Julie hefyd yn gwneud iddo swnio fel rhywbeth a fyddai'n cael ei bwyso mewn bag plastig rhwng y moron a'r tatws.

— Do. Ges i bach o sioc, rhaid gweud. Ti'n dal yn gwbod shwt i…

— O't ti'm yn disgwyl 'na, o't ti?

Daeth bang, bang, bang, bwmp, bwmp, bwmp o'r

nenfwd wrth i Sinderela estyn am y sêr.

— Wel, nag o'n... Ers pryd wyt ti... faint wyt ti 'di...?

— Chwe mis, Cain, felly paid ti hyd yn oed â trio gwadu mai d'un di yw e...

— Do'n i ddim yn mynd i...

— 'Wi'n synnu bod ti heb redeg bant. Ti'n hen law ar 'ny. Neu hen droed dylen i weud...

— Fe 'na i beth bynnag wyt ti'n moyn i fi neud...

— O'n i'n *moyn* i ti 'mhriodi i, Cain...

— Ie, wel... ma'n ddrwg 'da fi am 'ny.

— O, a ma hi mor syml â 'ny yw hi? *Ma'n ddrwg 'da ti.* O, iawn te. Paid â phoeni am y peth. Ma plant sy'n ca'l 'u magu heb ddou riant yn diodde, ti'n gwbod, Cain...

— Odyn, ond weithie ma nhw'n hapusach 'fyd... na'th Mam jobyn oreit 'da fi.

— Gwed ti.

— "Heb wraig, heb ymryson," Julie fach.

Llithrodd y dywediad hwnnw mor ddiymdrech o'i enau, heb iddo hyd yn oed sylweddoli sarhad y sain ar ben draw'r lein. A chyda hynny roedd hi wedi mynd. Gwenodd. Yr un Julie oedd hi. Yr un Julie a oedd wedi codi cymaint o fraw arno ar fore ei briodas fel y rhedodd, yn llythrennol, am bum milltir.

Yr hyn oedd yn ei boeni go iawn oedd ymateb ei fam. Yr amwysedd rhyfedd yn ei llais wrth drosglwyddo'r newyddion. Gwyddai'n iawn mai cofio'n ôl oedd hi, cofio sut beth oedd hi i fod yn sefyll yn sodlau uchel Julie, a phigyrnau'n chwyddo. Ac yn cofio mor ddisymwth daeth yr hapusrwydd hwnnw i ben, wrth i'r byd gulhau, a'r diwrnodau lwydo. Ond eto, teimlodd ei fod wedi synhwyro rhywbeth arall yn ei llais y noson honno. Rhyw fath o lawenydd. A pham lai? Nid yr un stori oedd hi, wedi'r cyfan. Nid yn union. Fe allai yntau wneud yn iawn am ddiweddglo du ei phriodas hithau, dadwneud y troeon trwstan a chreu llinell gyflawn.

Roedd anferthedd y dasg o'i flaen yn ei lethu'n barod.

Seiniodd Sinderela ei sarhad diwethaf: bang, bang, bang, *crac, ca-bwm, ca-bwm, drrryyyyybwm*. Cydiodd Cain yn ei hwfer a'i estyn hyd nes ei fod ychydig fodfeddi islaw'r nenfwd. Yna, neidiodd i fyny, gan greu un BWM sylweddol ar y nenfwd, cyn syrthio ar ei ben ôl ar y llawr. Roedd yr hwfer bellach yn ddarnau.

Gweddïodd na fyddai'r babi, pe bai 'na un o gwbl, yn edrych fel gŵydd.

FFLAT 3

FEL RHUDDEM BRIN rhwng perlau, dyna a ddywedodd e oeddwn i. Efallai nad oedd e erioed wedi bwriadu i mi glywed hynny, ei fod e'n meddwl 'mod i'n cysgu, ond mae'r frawddeg yn aros, yn suo'n ddistaw yn fy mhen. Buan y daw i sylweddoli nad oes gen i fwriad yn y byd i'w garu. Does gen i ddim amser i bethau felly, mwyach. Un peth yn unig sydd arnaf ei eisiau ganddo, a tan y daw hwnnw, mae'n rhaid i mi barhau i deimlo ei ddwylo poeth rhwng fy nghoesau, ei fochau chwyslyd yn erbyn fy ngwallt.

Dwi'n ei weld e o'r fan yma, ar ei ffordd adref o'r gwaith, yn nesáu tuag at yr adeilad. Mae e'n cario blodau. Blodau sy'n brolio blys. Blodau i fwydo 'nghalon. Eisoes mae'r awyr yn ddigon tywyll iddo gyfiawnhau dod yma. Ro'n i'n gwybod ei fod e ar ei ffordd; ei fod, yn fwy na thebyg, yn treulio'r pafin yn araf, araf bach a'r nos yn dynn wrth ei sawdl, yn ceisio'i argyhoeddi ei hun, heno, heno y bydd ganddo ddigon o nerth i ddod ataf i'n syth; digon o nerth i gerdded heibio'r drws arferol, i amddifadu'i ffroenau o'r arogleuon cynnes, a digon o nerth i'w aberthu ei hun i'r nos heb feddwl ddwywaith am y dydd. Oeddwn, roeddwn i'n gwybod hynny, ond yn gwybod hefyd mai dyn tosturiol ydyw yn y bôn, ac na all e wneud y pethau hynny. Ond rwy'n ysu i glywed ei draed ar y grisiau. Mae'r amser yn iawn. Does dim eiliad i'w golli.

Teimlwn yn sicr fod y blodau yn arwydd, yn brawf. Ei fod wedi fy neall i, ei fod wedi dehongli'r neges yn y ddawns. Tan iddo beidio â dod. Tan ei bod hi'n ddigon amlwg nad fy mlodau i oedden nhw. Yn deyrnged iddi hi, ei ffrwythlondeb hi. Ei gallu i ddyblu ei gnawd, i ymestyn ei obeithion. Ac rwy'n gynddeiriog, yn sydyn iawn. Gan deimlo'r oriau'n llifo ohonof, yn afon gudd, tan does 'na ddim gobaith ar ôl. Dim un gronyn.

Ddeallodd e erioed pam y denais i ef ataf i, a'i fywyd mor gadarn, mor grwn. Beth oedd arwyddocâd ei weithredoedd? Dyna oedd e'n methu â'i ddeall. Doedd e ddim yn deall nad oes rhaid i bob rhan o bob dim ddweud rhywbeth; bod rhai pethau, efallai, yn fodlon dim ond *bod*. Dydy hi ddim yn bosib iddo fe ddeall, gŵr priod yw e. Gŵr sy'n gaeth, sy'n methu â chofio byw heb wynebu rhywun arall wrth y bwrdd brecwast. Dyn sy'n methu â byw heb gariad. Gormodedd o gariad. Ond dyw hynny ddim yn esgus chwaith. Er ei fod yn ffitio'n dwt i'r cynllun, allaf i ddim peidio â gwylltio wrth feddwl am y twyll. Wrth feddwl amdano'n gwenu ar ei wraig, yn gafael amdani, yn mwytho ei thraed o flaen y teledu, ac yn hiraethu amdanaf i. Ond fedra i ddim meddwl am y peth yn rhy hir. Does gen i ddim dewis. Dyma'r ffordd hawsaf o roi pob dim yn ôl yn ei le, hyd yn oed os bydd hynny'n golygu y bydd yn rhaid dadwneud ambell beth arall. Dyna sut mae'r byd yn gweithio. Mae'r pili-pala'n ysgwyd ei adenydd yng nghrombil y goedwig ac mae'r chwa yn mynd ar ras drwy strydoedd y ddinas, gan wneud i ryw fenyw oedrannus, ar gornel stryd, estyn am ei hances. Fedrwch chi ddim gwneud un peth bach a disgwyl i'r pethau mawr aros yn eu lle.

Gweld popeth trwy'r lens y bydd e, wrth gwrs, yn gallu chwyddo a lleihau'r darlun fel y myn. Oherwydd

mae gen innau fy anghenion hefyd. Rydw i'n blino
fel pawb arall, yn digio fel pawb arall. Ac yn diogi, yn
aeddfedu, ac yn cenfigennu fel unrhyw gariad arall. Fedra
i ddim gwadu'r ffaith fod heno fel pob heno arall. Tra
'mod i yma, yn dawnsio, yn disgwyl, yn dyfalu, mae e'n
eistedd yno, gyda hi, yn gwylio'r lloer yn llithro heibio'r
ffenest. Ond dyw e ddim yn gweld arwyddocâd y lloer
honno, dyna'r broblem. Dyw e heb ddeall bod rhan
ohonof yn boddi, am fis arall.

Roedd hi'n weithred orffwyll, dwi'n cyfaddef hynny.
Plentynnaidd hyd yn oed. Taflu rhywbeth ato, unrhyw
beth, er mwyn tynnu sylw ataf i fy hun. Er mwyn swyno
ei lygaid tuag ataf. Ond nid fe oedd yno. Rhyw gysgod
arall yn y gwyll. Rhyw ffŵl o gysgod hefyd. Fe ystyriais
ei wneud e'n rhan o'r cynllun am ennyd, tan i mi weld
ei fflat. Yr oerni rhyfeddol, pob dim yn dwt yn ei le, a
phob dim yn wyn ac yn ddienaid. Ei wyneb yn llwyd ac
yn ofnus. Fe drodd y clo ar fy ôl, arwydd pendant ei fod
yn gwbl gaeëdig imi, a does gen i ddim nerth i wthio,
dim tan y bydd yn rhaid.

Ond fe weithiodd fy nghynllun, yn y pen draw, ac
i'r dieithryn llwyd yn y fflat oddi tana i mae'r diolch am
hynny. Oherwydd, pan es i i chwilio am fy esgid am
yr eildro, fe'm gwelwyd, go iawn, o'r diwedd. Dyna
lle roedd e, yn gloywi yn y golau gwan, yn syllu arnaf
i drwy'r lens bondigrybwyll, ac yn methu hawlio ei
lygaid yn ôl. Ac yna, am fy mod yn gwybod ei fod yno
gyda mi, bûm yno'n hir, yn ystumio, yn chwarae gyda
'ngwallt, yn gwneud pob dim y medrwn, heb fradychu
fy mwriad. Dawns oedd hi mewn gwirionedd, ond heb
iddo wybod hynny. O gornel i gornel, o ofod i ofod.
Dawns dda oedd hi bryd hynny.

Nid felly heno. Heno yr wyf i'n dawnsio er mwyn

fy argyhoeddi fy hun nad dagrau sy'n chwyddo dan gnawd brau fy llygaid ond gemau, gemau disglair sy'n disgyn dros fy nghorff i gyd, a'r rheiny'n hardd ac yn lân ac yn deffro pob ynni, pob greddf sydd ynof. Mae pŵer y ddawns yn dofi'r nwyd, ei osod yn ddyfnach yn y croen rhag ofn y bydd ei angen, rywbryd eto, rywbryd yn hwyrach heno. Rhag ofn y daw yntau i lithro rhwng y cynfasau fel cyfrinach oer yn y bore bach, yn union fel neithiwr. Fydd hi'n rhy hwyr bryd hynny, tybed? Efallai ei bod hi'n werth rhoi cynnig arni eto, rhag ofn.

Derbyniais amlen arall heddiw. Yn wyn, yn feddal, yn bigog o brydlon. Ei rhwygo ar agor a chasáu'r hyn oedd ynddi. Ond ei derbyn. Fel y derbyniais y cyfan oll.

FFLAT 1

LENA

Pan agorodd Lena'r drws i osod y bin sbwriel yn y coridor, y peth diwethaf y disgwyliai ei weld oedd ei gŵr, yn droednoeth, yn cario tusw enfawr o flodau ac yn chwibanu. Am ychydig eiliadau, doedd hi ddim yn siŵr ai fe oedd yno, ac er gwaetha'r ffaith bod ganddo'r un wyneb, yr un ystumiau, teimlai Lena iddi gael gwefr amheuthun adnabod actor ar deledu y funud honno, yn hytrach na'r teimlad tawel ei bod newydd olchi ei ddillad isaf. Ac yn sydyn, wrth iddo godi ei lygaid a syllu arni, teimlai Lena fel rhywun dieithr, fel petai yntau yn yr un eiliad fer, gymhleth honno, wedi colli adnabod arni hithau hefyd.

Roedd rhywbeth yn bod. Y blodau, i ddechrau. Roedd Gwydion yn gwybod ei bod hi'n casáu blodau. Yn ei thyb hi, yr unig le addas i flodau oedd ar garreg fedd. Roedd hi'n casáu'r gwywo sydyn, anochel; yn dychryn wrth weld diffeithwch yn llygru'r dŵr.

Ond roedd rhywbeth mwy na hynny'n ei phoeni. Pam ei fod yn droednoeth?

Cododd ei haeliau. Edrychodd arno unwaith eto, yn graffach y tro hwn. Ceisiodd gysylltu' ymadrodd "y ngŵr' gyda'r ddelwedd o'i blaen.

"Wy 'di gadael 'yn sgidie tu fas."

"Tu fas?" heriodd Lena.

"Ie, tu fas," atseiniodd, fel petai'n credu y buasai'r geiriau'n magu ystyr wrth eu hailadrodd.

"Ti'n trio gweud wrtha i bo ti 'di gadael dy sgidiau di tu fas?"

"Ydw."

"Oes rheswm?"

"Oes *angen* rheswm?"

Oes, sgrechiodd y llais oddi mewn iddi, wrth gwrs bod angen esboniad. Doedd hi ddim yn bwrw glaw, nac ychwaith mor danbaid o boeth fel y gellid troedio'n droednoeth mewn gwlith, ac anghofio pob dim am esgidiau'n crasu ar goncrid. Doedd pobl ddim yn diosg eu hesgidiau ar ddiwrnodau llwyd heblaw bod 'na reswm. Baw ci? 'Mond ar un esgid y byddai rhywun yn sefyll mewn baw ci fel arfer, fe ddylai hithau wybod, wedi treulio un o flynyddoedd cynnar ei chyfnod coleg yn sefyll mewn baw ci bron yn ddyddiol. "Dim 'to!" cofiai ei ffrind yn ebychu, cyn pwyso yn erbyn y rheiddiadur mewn chwa o chwerthin annwyl.

Dychwelodd yn sydyn at y foment ryfedd rhyngddi hi a'i gŵr. Rhoddodd yntau gusan sydyn, chwithig iddi, fel petai'n gosod caead ar focs. Penderfynodd hithau roi'r gorau i'w gwestiynu. Roedd y ffaith nad oedd e'n gwisgo esgidiau'n ddibwys, yn ddim ond un arwydd gweledol arall bod yna rywbeth ar goll rhyngddyn nhw, rhywbeth mor elfennol â phâr o esgidiau.

Roedd e mor bell oddi wrthi. Ar adegau fel hyn câi ei hatgoffa o'r dieithrwch cyntaf rhwng y ddau ohonyn nhw. Gofynnodd iddi droeon beth oedd ei hargraff gyntaf ohono, a phetai hi'n gwbl onest – a doedd hi ddim, fel arfer – gwyddai'n iawn na wnaeth argraff arni o gwbl bryd hynny. Mewn gŵyl y'i gwelodd gyntaf. Gŵyl.

Creai'r gair rhyw gynnwrf a thristwch ynddi. Byddai hi'n cael ei gwahodd i wyliau yn ystod y cyfnod hwnnw yn ei hanes, fel darlithydd gwadd. Roedd e'n deimlad braf, camu i'r theatrau mawr, cael ei thywys i'r llwyfan, cael rhosyn yn ei llaw wrth foddi yn y gymeradwyaeth frwd, cael dŵr clir mewn potel las o'i blaen a chael tynnu ei llun. Tynnu llun da gan ffotograffydd proffesiynol, yn gofnod du a gwyn, chwaethus, o'r digwyddiad am byth.

Mor dawel ydoedd wrth ei waith. Welodd hi mohono i ddechrau. Dim ond yn ystod y sesiwn holi ar ddiwedd y ddarlith y clywodd rhyw siffrwd ysbeidiol yn y cornel, fel rhyw wybedyn yn aflonyddu. Trodd ei phen rhyw fymryn a gweld y lens, yn gyntaf, a chlwstwr o donnau du'n tyfu ohono. Yna, diflannodd y ddelwedd o'i meddwl, ac aeth y siffrwd yn syfrdan, yn syber, ac yna'n gwbl segur.

Dim ond wedyn – hyn a'i trawodd – dim ond wedyn y gwelodd hi Gwydion go iawn, gyda'i gamera'n fedal ar ei fynwes, a sylwi ar ei hudoliaeth a'i rhyfeddodd. Daeth ati a gofyn am lun arall – ar gyfer safle we'r ŵyl – ac fe safodd hithau yn erbyn rhyw gefnlen wen, yn gwenu'n chwithig "Beth am sefyll 'to o flaen y llenni coch?" awgrymodd hi'n swil. "'Mond lluniau du a gwyn dwi'n eu tynnu, sori," atebodd, rhwng cliciadau. Cochodd hithau. "Wrth gwrs," atebodd, cyn ychwanegu na ddylai ef ymddiheuro, ei bod hi'n hoff iawn o luniau du a gwyn, a'u bod nhw'n fwy chwaethus, beth bynnag, heb sôn am wneud i bobl edrych yn llawer mwy golygus. Gwyliodd ei chwerthin gorffwyll yn cordeddu yn yr awyr, ac yntau'n gwenu'n wan wrth iddo ddisgyn drachefn i'r gofod rhyngddynt. Ond, rywbryd wedi hynny roedd hi wedi ysu am newid ei hateb pitw – er mwyn dweud wrtho nad oedd neb yn *tynnu* lluniau du a gwyn, 'mond eu *datblygu* nhw. Roedd e'n gweld y llenni coch fel roedd hithau wedi eu gweld, ond iddo ddewis eu hanwybyddu.

Ond wrth gwrs, cafodd ei chyfareddu ganddo, dro ar ôl tro. Y noson honno aeth yn ôl i'w stiwdio a gadael iddo dynnu mwy o luniau ohoni, a darganfod y dimensiynau onglog ynddi. Ei choes noeth yn ei hosan hir ddu, bodiau ei thraed yn anwesu perlau gwynion, ei dwylo'n dynn mewn menig lledr, a'i gwallt, wrth iddi ddechrau gwawrio, yn ildio i grensian oer y cynfasau gwynion. Roedd e wedi anfon y printiau ati rai dyddiau'n ddiweddarach ac – er gwaetha'r surni rhyfedd yn eu perthynas erbyn hyn, gwyddai Lena y byddai'r foment honno'n aros am byth – y foment pan syrthiodd y printiau mor annisgwyl o'r amlen frown, ac iddi wybod bod rhywun wedi ei gweld fel y dymunai gael ei gweld. Gwydion oedd ei dyfodol, am y rheswm hwnnw. Gwelodd ei ffolineb iddi selio'i theimladau ar rywbeth mor dwyllodrus, mor chwareus â llun, ond eto doedd hi ddim yn difaru. "Pam priodi dyn mor gymhleth?" Dyna ofynnodd ei mam. "Symlrwydd rwyt ti 'i angen mewn priodas, nage'r ongle ma i gyd," ebychodd, wrth orfodi ei merch i fwyta sleisen arall o deisen felen, hufennog. "Golwg 'di-bod-trwy'r-drain arnot ti, Lena, sdim crib 'da ti?"

Ffotograffydd ac artist. Roedd e'n gwneud synnwyr, on'd oedd e? Dylai'r ddwy ddisgyblaeth fynd law yn llaw, llygad am lygad, cywely wrth gywely. Y brwdfrydedd yng ngwaith ei gilydd, benthyg awenau i'w gilydd fel pâr o sanau, y syniadau'n symud yn slic o un cyfrwng i'r llall. Cysuro'i gilydd pan ddeuai'r llythyron llwyd trwy'r post, y 'diolch am eich ffurflen gais ond… ',

'Yr ydym yn sicr bod gennych botensial ond... ',
chwerthin ar ynfydrwydd y sefydliadau, eu cyfoedion
rhwysgfawr, ar weithiau o-mor-arbrofol y cewri. Cyn
diddymu'r ansicrwydd â chusanau bychain.

Caeodd Gwydion ddrws yr ystafell molchi yn glep
ar ei gwg. Dychmygodd ei ymateb i'r paent newydd.
Clywodd sŵn rhywbeth yn taro yn erbyn ochr y bath.
Rhoddodd ei llaw ar y ddolen. Ac yna llaciodd ei gafael
drachefn a cherdded oddi yno. Prin roedd hi'n adnabod
y dyn yr ochr draw i'r drws erbyn hyn. Bellach byddai
e'n cau'r drws yn sownd, nid ei adael yn gilagored fel
yr arferai ei wneud, gan sgwrsio am ryw actores neu'i
gilydd a oedd eisiau iddo dynnu llun cwbl wirion ohoni.
"O'n i ddim yn licio dweud wrthi bo fi'n ffaelu â dileu'r
mwstas, sdim ots beth o'dd hi'n 'i wisgo," cofiodd iddo
ddweud unwaith, a hithau wedi chwerthin yn ddwl
wrth weld y llun hwnnw ar glawr cylchgrawn wythnos
yn ddiweddarach, gan deimlo iddi fod yn rhan o ryw
foment breifat, gyfrin rhwng y ffotograffydd a'i destun.

Pam roedd e'n cloi'r drws bellach? Ers iddyn nhw
symud i'r ddinas y dechreuodd y trawsnewidiad. Roedd
e wedi 'laru gyda'r ffaith bod yn rhaid iddo deithio
cymaint, a'i bod hi'n llawer haws iddyn nhw symud i
grombil y ddinas fawr. Er cymaint roedd hi'n casáu gadael
ei stiwdio fach yn y bwthyn, lle'r oedd golau'r haf yn
gynnwrf yn yr ystafell, cafodd ei hargyhoeddi ganddo
mai dyna fyddai orau. "Fe fydd hi'n haws i ti ymweld â'r
galerïau, cael ambell i arddangosfa fan hyn a fan draw,
heb sôn am gael sylw'r cyfryngau." Oedd e wir wedi
credu hynny, tybed?

Hyd yn hyn, chynigiodd y ddinas ddim i Lena.
'Mond diwrnodau hir yn y fflat ddi-liw, yn chwilota am
syniadau tra bod Gwydion yn gweithio'n fwy diwyd nag

erioed. Heb dderbyn comisiwn ers misoedd, treuliai hi ei dyddiau'n ceisio cynnal ei dawn artistig trwy beintio waliau'r fflat. Roedd y peth yn chwerthinllyd. Ai dyna oedd yn ei gorddi? Dychwelyd bob nos er mwyn gweld dim byd mwy na wal liwgar. Dim portreadau, dim o'i phypedau rhyfedd na'r marionéts brawychus, dim tirluniau mewn siarcol. Dyna'r wal a oedd ganddo mewn golwg, sylweddolodd yn sydyn.

Er gwaetha'r ffaith ei bod hi'n gwybod mai Gwydion oedd yn newid, nid y hi, roedd hi'n dal i geisio'i ddofi. Erbyn iddo ddychwelyd o'r ystafell ymolchi, ceisiodd weddnewid y noson. Rhoddodd y blodau persawrus mewn gwydryn, i ddangos ei bod, am heno, yn barod i gyfaddawdu ac i agor, yn union fel y blodau roedd hi'n eu casáu. Eisteddodd Gwydion wrth y bwrdd, a syllu'n hir arni. Wrth weld hyn teimlai hithau'r hen air creulon yn caledu islaw'r croen: wal. Wal na ellir mo'i threiddio. Cododd ei llygaid a cheisio taflu ei choncrid yn ôl.

"Wel?" gofynnodd Lena.

Edrychodd Gwydion i ffwrdd.

"Blydi hel, Gwydion."

"Beth?"

"Dwyt ti ddim wedi sylwi."

"Ar beth?"

"Sdim pwynt, o's e?"

Roedd Gwydion fel petai'n medru hidlo'r holl bethau llym y dywedai hi wrtho, fel petaent yn chwalu fel wyau ar ei groen gan adael dim ond rhyw drywydd sticlyd a oedd yn hawdd ei olchi. Roedd hithau, ar y llaw arall, yn dueddol o eistedd ar ei hwyau nes eu bod nhw'n rhy boeth i'w phen ôl.

"Os ti'n sôn am y ffaith dy fod ti wedi peintio'r stafell

molchi, a hynny'n felyn, wel do, dwi *wedi* sylwi. Be 'dwi fod i weud? Da iawn, Lena. Penigamp."

Teimlai awydd crio. Roedd e'n iawn, wedi'r cyfan. Hi oedd yn hurt. Hi oedd am iddo ddeall a dofi a chydio ynddi a charu a miloedd o bethau eraill a oedd yn ormod i ofyn i unrhyw un, heb sôn am ŵr priod, blinedig, heb esgidiau, fel Gwydion. Dechreuodd feddwl nad fe oedd y broblem wedi'r cyfan, nad y lliw ac nad y llun, ond hi. Yr holl liwiau a'r holl luniau a oedd yn mynnu troi a throelli yn ei phen. "Sori," dywedodd yn gyflym, gan fynd ati i baratoi swper.

"Mae'n iawn," atebodd, gan godi'r papur newydd.

GWYDION

Mor agos, meddyliodd Gwydion wrth orffwys ei ben ar ochr y bath. Un eiliad arall ac fe fyddai Lena wedi'i ddal yn carlamu i fyny'r grisiau heb fwriad yn y byd o fynd ati a rhoi'r blodau iddi. Roedd wedi gweld ei feistres goch yn y ffenest uchaf wrth iddo agosáu at yr adeilad, yn chwyrlïo fel gwybedyn unig yn y golau. Yn dawnsio. Rhoddodd y ddelwedd honno'r fath wefr iddo fel y mynnodd redeg i siop y gornel a phrynu blodau iddi, rhai afiach o liwgar. Dyna'r blodau a hoffai. Edrychodd e ddim arni wrth ddychwelyd, rhag ofn iddi ddeall ei fwriad. Dyfalu, wedi'r cyfan, oedd y rhan fwyaf cyffrous o'u perthynas. Heb hynny doedden nhw'n ddim gwahanol i'r un pâr arall.

Islaw ei ffenest, moesymgrymodd, a thynnu'i esgidiau wrth fynd i mewn. Doedd e ddim yn deall yn iawn pam y gwnaeth hyn, ond arwyddocâd y weithred oedd yn bwysig. Roedd am adael trywydd bychan o'r gwirionedd o'i ôl, a phetai Lena'n digwydd ei holi am yr esgidiau, fe fyddai'n rhaid iddo gyfaddef pob dim. Yno, yn yr awyr ifanc, glân, gwnaeth yr addewid yr âi ati, hyd yn oed petai'n colli Lena ac Emlyn am byth.

Ond nid felly y bu hi. Yn lle gofyn iddo am ei esgidiau fe heriodd Lena ei draed noeth. Ac oherwydd hynny, gwyddai nad cyfaddef pethau oedd ei ffawd. O leiaf, nid heno.

Doedd e ddim eisiau bod y math o ddyn a fedrai newid ei deimladau fel newid pâr o sanau. Roedd yn well ganddo ei ystyried ei hun fel y math o ddyn a fyddai'n newid ei feddwl fel newid teiar car: yn achlysurol a chyda thipyn o ymdrech. Ond erbyn hyn, roedd e'n ei adnabod ei hun hyd yn oed yn well, a gwyddai, tu hwnt i'r sanau a theiars y car fod yna gymhariaeth lawer, lawer symlach. Gallai newid ei deimladau'n ddidrafferth a difeddwl, fel petai'n gwasgu botwm.

Doedd e ddim wedi sylweddoli hyn i ddechrau, wrth gwrs. Pan welodd Lena yn chwyddo'n fawr yn ei lens am y tro cyntaf, bu bron iddo ollwng ei gamera. Gwyddai o'r eiliad gyntaf y gwelodd hi y byddai'n destun du a gwyn perffaith, rhyfeddol hyd yn oed, a hynny'n bennaf am fod cymaint o liw yn perthyn iddi. Y bochau'n wrid araf, fel croen eirin gwlanog, y gwefusau llawn fel mefusen ar ei hanner, a'r gwallt tonnog, cyhyrog mor ddu nes ei fod bron yn las. Mewn lliw du a gwyn, fe fyddai'r rhinweddau hynny'n gyfareddol, am eu bod nhw pwysleisio posibilrwydd y man llwyd hwnnw rhwng du a gwyn, bywiocáu'r cysgodion nes iddynt godi a dawnsio.

Ar ddiwrnod ei briodas ef a Lena, doedd ganddo ddim amheuaeth mai hi oedd yr unig ferch a fedrai ei hudo fel hyn. Roedd wedi treulio blynyddoedd cyn hynny yn caethiwo ei deimladau, yn ffrwyno ei hun a'i galon. Pan gyfarfu â Lena, penderfynodd gyflwyno'i hun ar lestr arian gydag afal yn ei geg. Llonnai ei galon bob tro y deffrai wrth ei hymyl, a hyd yn oed nawr roedd ei phresenoldeb wrth ei ymyl yn y gwely yn datglymu'r cwlwm hwnnw yn ei berfedd, yr ofn cynhenid hwnnw oedd ganddo o fod ar ei ben ei hun yn y byd. Wrth fyseddu ei chefn gallai anghofio, am ennyd, am ei weithredoedd nosluniol anfaddeuol. Gallai gredu am ennyd, wrth suddo i'r byd gwyn rhwng cynfas a chlustog, ei fod yn ŵr da.

Ond doedd e ddim. Doedd *hi* – ei feistres goch – ddim yn brydferth fel y cyfryw; yn sicr nid fel roedd Lena, gyda'i chorff hir, gosgeiddig, a'i gwallt cyhyrog, lliw'r nos. I'r gwrthwyneb, roedd hon yn gysgod gwelw o ferch, yn gwbl gyffredin ar un olwg, a edrychai gymaint yn iau na'i hoed, bron fel plentyn, heblaw am y bronnau swmpus a ddawnsiai mor fodlon yn ei ddwylo. Weithiau, wrth orwedd ar ei phen, gwelai'r diniweidrwydd ynddi wrth iddi gau ei llygaid a gwingo, ac roedd rhywbeth am hynny'n ei gyffroi'n llwyr. Roedd Lena'n gryf, yn benstyfnig, yn agored, ac yn ei ddeall – roedd hon, i'r gwrthwyneb, yn llawn gwendidau, absenoldebau, cyfrinachau. Yn wan, hyd yn oed. Yn straffaglu i anadlu'n ei chwsg, yn straffaglu i ebychu oddi tano. Gallai ei mygu gyda'i gorff, ei brifo, ei threisio hyd yn oed. Dyna oedd yn ei gynhyrfu. A dyna oedd yn wirioneddol ffiaidd am yr holl beth.

Tarodd ei ben yn erbyn y bath, digon i'w frifo ei hun. Syrthiodd yn ôl a gorwedd ar y llawr. Yna, sylwodd am y tro cyntaf ar liw'r ystafell. Melyn. Gwenodd. Gallai weld Lena wrthi, gyda'i brws paent penderfynol, yn llenwi pob cornel o'r ystafell, yn ystyfnig, yn gynddeiriog. Yn llawn cariad. Gallai ei dychmygu'n gwylio'r paent yn sychu, yn teimlo'r newydd-deb i'r byw, ac yn disgwyl yn amyneddgar am ei ymateb.

Tarodd ei ben drachefn ar y bath. Roedd ychydig o boen yn gwneud iddo deimlo'n well. Meddyliodd amdani *hi* eto, yn pefrio fel rhuddem yn y ffenest. Yn gwybod na ddeuai, er ei fod *wedi* bwriadu mynd ati heno. Ceisiodd gyfiawnhau'r cariad a deimlai tuag ati, er nad oedd na synnwyr na bwriad yn perthyn iddo, dim ond greddf. Roedd wedi ei gweld trwy'r ffenest un noson, wedi ei chyfarfod ar y grisiau y diwrnod canlynol, a'r noson wedyn, gyda Lena ac Emlyn yn ddiogel yn nhynerwch teuluol y pwll nofio, aeth i fyny i'r fflat, a chnocio ar y drws. Tair cnoc. Rhywsut, roedd hi wedi deall. Oherwydd heb air o gyfarchiad na rhyfeddod, agorodd y drws a'i gusanu. Yr holl flynyddoedd o ffyddlondeb, o gred, ac roedd y cyfan wedi dymchwel mewn un eiliad.

Cododd ar ei draed, ac aeth allan o'r ystafell molchi.

Wrth gamu i mewn i'r gegin, gwelodd fod Lena wedi rhoi'r blodau mewn ffiol.

"Wel?"

Er ei fod wedi clywed y cwestiwn, penderfynodd ei anwybyddu. Doedd y blodau ddim yn perthyn fan hyn.

"Blydi hel Gwydion."

Y paent. Y blydi paent, dyna oedd yn ei chorddi hi. Dyna'r peth diwethaf ddylai dy boeni di, meddyliodd, mewn fflach sydyn, dieithr o greulondeb.

"Beth?"

"Dwyt ti ddim wedi sylwi?"

Roedd ei llais bellach yn orlif o felyn hufennog, trwchus, yn ewynnu o'i gên.

"Ar beth?"

"Sdim pwynt o's e?"

Y pwynt. Oedd, roedd hynny'n bwynt da. Ceisiodd gofio'r tro diwethaf iddo deimlo gwir bwrpas mewn unrhyw beth a wnâi.

"Os wyt ti'n sôn am y ffaith dy fod ti wedi peintio'r stafell molchi, a hynny'n felyn, ydw, dwi *wedi* sylwi. Be ti'n ddisgwyl i mi ddweud?"

Sylwodd iddo wneud iddi edrych yn ynfyd. Ac am eiliad, roedd yn difaru. Wedi'r cyfan, nid Lena oedd yn ddiffygiol; *hi* oedd yn hudol, yn gyfriniol, yn ddiawledig hyd yn oed. Ac yntau'n sâl; yn glaf o gyfaredd.

"Sori," dywedodd Lena, ac yn sydyn, teimlai Gwydion yr ysfa i grio, mynd ati, a gadael i holl halen y misoedd diwethaf lifo'n rhydd dros ei gwallt. Ond, yn hytrach, aeth ei eiriau ymaith gyda'r llif. Yn hallt.

"Mae'n iawn," atebodd, gan godi'r papur newydd.

RHAN III

FFLAT 1

DEFFRODD LENA i wynebu cefn noeth ei gŵr. Doedd e byth yn chwyrnu. Ni wnaeth e erioed darfu ar ei chwsg trwy rochian byddarol, cras, dirdynnol. Ni thynnodd e erioed y blancedi oddi arni, a'i gadael yn fferru yn y bore bach; a doedd ei draed byth yn oer yn erbyn ei chnawd chwaith, ond yn fythol gynnes, yn donnau bychain o wres, yn ei rhwydo i'r lan. Yn hynny o beth, credai ei ffrindiau iddi fachu'r dyn perffaith. Perffaith.

Teimlai Lena'n anniddig. Breuddwydiodd, unwaith eto, am bethau rhyfedd: cyfres o argraffiadau na fedrai hi eu cysylltu â'i gilydd. Sŵn drysau'n cau, rhywun fel petaen nhw'n rhwbio darn hanner can ceiniog ar ei thalcen, car bach melyn yn rhodio ar hyd lôn garegog, dagrau mawr oren yn tywallt i lawr y ffenestri pren, a'i mab, Emlyn, yn peintio ei henw drosodd a throsodd ar wal ei ystafell, nes iddo gael ei lyncu gan un o'r llythrennau. Y dryswch arferol, nosluniol.

Ond roedd hi'n cofio rhywbeth arall hefyd am ei breuddwyd. Atgof o ryw lun y gwyddai iddi ei weld o'r blaen, ond heb wybod ymhle. Llun o ferch feichiog, a hwnnw wedi ei rwygo yn ei hanner. O ble doth y ddelwedd honno? Ai un o luniau Gwydion ydoedd? Doedd bosib – roedd hi'n cofio'r lliwiau. Llun o'r siop luniau, rheiny roedd Gwydion yn eu casáu cymaint. Y gwallt yn fudr, yn flêr. Pwy oedd hi?

Y darn hanner can ceiniog – ai rhyw ddryswch ynghylch arian oedd hynny? Byth ers i Gwydion benderfynu y byddai'n rhaid iddo fod yn ffotograffydd – nid yn artist gweledol, fel y dymunai fod – doedd dim angen poeni am arian. Fe ddeuai'r gwaith iddo'n rhwydd a didrafferth, gerfydd negeseuon testun neu sgyrsiau tafarn, ac roedd y tâl yn ddigon i gadw Emlyn mewn trwsusau del gwyrdd a melyn, mewn hetiau gwlanog porffor a chrysau-T gyda sloganau plentynnaidd, doniol arnyn nhw. Y cyfan roedd yn rhaid iddo ei wneud oedd dioddef niwrosis gwyllt y dawnswragedd blin, bytheirio cynganeddol y beirdd, yfed dirwystr yr actoresau sebon, am ychydig oriau, er mwyn dal rhywbeth nad oedd yno o gwbl mewn gwirionedd. Ac fe ddeuai'r anrhegion: CDs, cylchgronau, fideos. Roedd y tŷ yn bentwr o ddiolchiadau lliwgar, ac fe ymddangosai fel petai Gwydion, wedi blynyddoedd o fod yn artist gweledol bach dienw, bellach yn *rhywun*. Gwydion Mitchell – enw bras hyderus – yn bownsio'n ôl rhwng gwydrau gwin. Yn llithro o un llaw i'r llall gerfydd ei wely cardbord gwyn.

Ond wedi dweud hynny, roedd hi'n ddig iddo gefnu ar ei uchelgais go iawn. Er cysur gwag y sieciau wythnosol, misol, blynyddol, ni welodd hi erioed yr un llun yn ei dwylo a wnâi iddi ebychu, fel y lluniau cyntaf hynny. Doedd dim gweledigaeth yno bellach, dim ond blinder defodol; dim ond rhyw benderfynoldeb y byddai'n rhaid i bob dim fod yn syml o hyn ymlaen. Fe fyddai'n rhaid i'r actor groesi ei freichiau ac edrych yn anniddig i'r camera, fe fyddai'n rhaid i'r gantores orwedd ar ei bol, rhoi ei hwyneb yng nghwpan ei dwylo a gadael i'w choesau gwyn godi tu ôl iddi fel antena, a dyna ddiwedd arni. Fe gâi dynnu ei ffotograff ac fe gâi fynd â'i siec i'r banc. A dyna'r hyn a'i harswydai – bod ei allu, ei weledigaeth yn ddim byd bellach ond sŵn papurau'n siffrwd, punnoedd aur yn disgyn.

Ond pa hawl oedd ganddi hi i'w farnu fel hyn? Cywilyddiodd yn sydyn wrth syllu ar y blewiach ar gefn ei wddf. O leiaf gwnaeth benderfyniad economaidd, call. Doedd dim iws iddi hi ddadlau ei bod hi wedi trawsnewid o fod yn artist i fod yn beintiwr am resymau economaidd, gan mai peintio ei waliau hi ei hun fyddai hi'n ei wneud, er mwyn osgoi meddwl am unrhyw beth arall. "Dyw hi ddim yn hawdd, ti'n gwbod," sgrechiodd ar y waliau rhyw bnawn Sul pan oedd Gwydion wrthi'n chwarae gyda choler gwyn bardd newydd sbon, "magu plentyn a thrio bod yn greadigol a dal i ffeindio amser i neud i'r" – ciciodd y tun yn afon terracotta ar hyd y llawr – "twll lle ma edrych yn llai fel cell ac yn fwy fel cartref! Aaa!"

Oedd hi'n wallgof? Yn ildio i ystrydeb, wedi dechrau siarad â'r wal ac wedi, yn ôl ei gŵr, dechrau ymdebygu iddi? Cynigiodd beintio waliau ambell un arall, ffrindiau iddi yn y ddinas. Ond synhwyrai'r rheiny'r gorffwylledd yn ei llais, yn union fel y synhwyrai hithau'r ofn ar ben draw'r llinell ffôn: "Fi'n credu bod ni wedi penderfynu nawr bo' ni am gadw'r lolfa'r un lliw lemon â'r cyrtens. Achos sdim dal pa gelfi newydd gewn ni pan geith Stan 'i ddyrchafiad, a so ni ishe rhywbeth rhy… wahanol." Â'r gair hynny ar flaen tafod sawl un, am mai dyna'n union oedd y Lena orffwyll ar bendraw'r ffôn – gwahanol. "Priododd hi'r ffotograffydd 'na a dyw hi byth 'di bod 'run peth. Ddim 'di neud scrapyn o waith celf da ers blynydde," dychmygai ambell un yn dweud, yn ystod derbyniadau siampên y cynadleddau na châi hi wahoddiad iddynt bellach. O, am ddogn hael o'r *ostrich en croute* o fwffe'r cynadleddau, a'r crwst yn glynu'n felys yn ei gwefus. Roedd paent sych bob tro'n gwneud iddi feddwl amdano, wrth weld yr haenau ohoni hi ei hun yn teneuo a disgyn, teneuo a disgyn.

"Gwydion? Ti ar ddihun?" Taenodd ei bawd ar hyd ei asgwrn cefn, gan symud yn agosach ato, hyd nes ei bod hi'n gafael yn dynn amdano ac yn pwyso'i bronnau yn erbyn palfeisiau ei ysgwyddau. Wedi iddo yntau synhwyro ei phresenoldeb cnawdol, anghenus, trodd i'w hwynebu, a'i chusanu. Yna, caeodd ei lygaid, a throi ei gefn drachefn. Syllodd Lena'n ddig ar y brychni haul ar gefn ei wddf, a'r rheiny'n wincio'n ôl yn chwareus. Roedd hi am eu gwasgu nhw'n dynn yn ei herbyn, nes ei bod hithau, hefyd, â gwedd yr haul arni.

Dyfodiad Emlyn a ddinistriodd ddefod y caru boreol. Er iddo gael ei greu ar un o'r boreau hynny, roedd ei bresenoldeb yn newid y rheolau. Bellach, roedd cwsg yn arwydd arall o rywbeth na fedrai hi a Gwydion ei rannu. Bryd arall, roedd hithau wedi teimlo bysedd Gwydion yn anwesu ei chefn yn yr un modd, a chymaint oedd parlys ei blinder, wedi iddi orfod deffro am bedwar y bore am fod Emlyn yn crio, fel y methai ymateb iddo. Roedd oriau'r nos bellach ar chwâl, a'r naill mewn cragen o flinder pan fyddai'r llall wedi'i bweru gan olau mawr y bore, yn barod i herio'r byd.

Edrychodd Lena ar olau coch y cloc: 06:45. Roedd yna hen ddigon o amser – a doedd bosib bod Gwydion wedi blino cymaint â hynny. Dim ond un peth yn unig fyddai'n deffro ei mab erbyn hyn: sŵn yr adar yn tyrru tu allan i'r ffenest. Roedd eu galargan gras i'w glywed o ben draw'r ddinas, wrth iddyn nhw heidio yn eu cannoedd i rybuddio'r byd bod y dydd ar dorri. Bellach, nid pitran-patran ysgafn ar hyd y coridor oedd yr arwydd bod ei mab yn effro, ond sgrech fain a ddynodai fod Emlyn wedi agor y llenni a gweld llygaid mawr gwyllt yn gwgu'n ddryslyd arno.

Cyn belled, felly, ag y medrai hi synhwyro'r adar yn cysgu'n ddistaw yn y coed, roedd hi'n rhydd i wneud fel y mynnai. Gosododd ei llaw'n dyner am Gwydion.

"Beth?" gofynnodd, heb agor ei lygaid.

"Dim byd," sibrydodd, gan anwesu ei wallt, "jyst ishe gweud bore da, dyna i gyd."

Agorodd ei lygaid rhyw fymryn, a throi'n ôl i'w hwynebu.

"Bore da, Len."

Estynnodd Gwydion ei law, yn un ystrydeb gnawdol, boeth, tuag ati. Cydiodd Lena ynddi a'i gwasgu yn erbyn ei hwyneb oer. Aeth gwefr trwyddi wrth sylweddoli nad oedd ei chynnig yn wrthun iddo, ac yn araf bach dringodd ar hyd ei gorff fel petai'n estyn am afal prin oddi ar goeden a'i gusanu eto, ac eto, ac eto. Yna, rhag colli anwyldeb yr eiliad, fe roliodd i ochr arall y gwely yn y gobaith y gwnâi ei dilyn. Ac yntau wedi deall y gêm i'r dim. "Dal yn dynn," rhybuddiodd yn sydyn, gan afael amdani, codi ar ei draed, a'i thaflu'n chwareus dros ei ysgwydd.

"Gwydion!" chwarddodd, wrth iddo'i chario allan o'r ystafell, "lle ti'n mynd â fi?"

"Cei di weld," atebodd yn ddireidus, gan gamu i mewn i'r ystafell molchi, estyn am y tap, a dechrau llenwi'r bath.

Awr yn ddiweddarach, roedd Lena o flaen y drych, yn brwsio diferion olaf y dŵr o'i gwallt. Roedd yna gynhesrwydd o dan ei chroen na fu yno ers amser maith.

Yn y bath y bore hwnnw, roedden nhw wedi ceisio golchi ychydig o ystyfnigrwydd ei gilydd i ffwrdd; golchi ei gilydd yn drylwyr, pob cilfach gyfrin, hyd nes bod y dŵr yn rhedeg yn lân a'r corff eto'n bur, eto'n newydd. Roedd Gwydion hyd yn oed wedi mynnu golchi ei wallt, gan wybod yn iawn tasg mor anodd oedd trin a thrafod ei chyrls ystyfnig, anferthol. Ond roedd e wedi llwyddo. Eisteddodd yn noeth ar ochr y bath a dangosodd ei fod yn gwybod sut i ddad-gymhlethu hyd yn oed y mannau mwyaf dryslyd ohoni.

Roedden nhw'n swil gyda'i gilydd wedi dod o'r dŵr, y stêm lond eu llygaid a'r naill na'r llall yn siŵr iawn lle roedd y ffin ynghanol y niwl. Roedd y dŵr poeth wedi toddi'r hen groen a dyna lle'r oedden nhw, yn noeth o flaen ei gilydd, yn hollol ddiymadferth ac yn methu cuddio dim. Ond hawdd oedd goresgyn hynny. Dechreuodd Lena ei gusanu wrth sychu ei wallt. Nid cusanu ysol, corfforol, ond y math o gusanu distaw sy'n dweud, *ydw, mi rydw i'n dy garu di ac weithiau rydw i'n anghofio hynny,* y math o gusan sy'n dew ar wefus am ddyddiau lawer. Gorweddodd Lena yn ôl ar lawr yr ystafell molchi wrth i Gwydion suddo'n araf i mewn iddi, a'i wyneb yn orffwyll a phoenus, fel petai'n boddi ynddi, meddyliodd. Er gwaetha ei hysfa i deimlo pob cyffyrddiad, pob cyhyr yn crynu oddi mewn, roedd hithau'n bell, bell fel petai'n gwylio'r cyfan trwy gilfach yn y to. Yn gweld dieithriad yn gafael am ei gilydd, yn fôr o liwiau cnawdol, anifeilaidd; y pinc a'r gwyn a'r coch a'r porffor yn gymysg, a'r chwys yn rhaeadru, tra bod y cariad yn dianc trwy'r ffenest, yn ddim ond stêm.

Gweithred felly oedd rhyw iddi bellach. Ond nid Gwydion oedd ar fai, chwaith. Atgof arall oedd ar fai am hynny. Atgof a orfodai iddi weld wyneb arall uwch ei phen yn yr ystafell molchi. Nid ei bod hi hyd yn oed yn cofio'n iawn sut wyneb oedd ganddo – y dieithryn hwnnw a ddeuai i'w meddwl. Dim ond ei fod yn gwneud iddi deimlo'n sâl. Dim ond ei fod mor gonfensiynol o olygus nes peri i'w llygaid losgi. A dim ond ei fod wedi yngan ei henw gannoedd o weithiau – digon hyd yn oed i newid ei sŵn a'i ystyr am byth.

Roedd hi'n casáu'r tueddiad a oedd ynddi i ddinistrio munudau perffeithiaf ei bywyd wrth ymdrybaeddu mewn teimladau negyddol, oer. Roedd hi eisiau gorwedd yn llonydd ar lawr yr ystafell ymolchi, mewn gorfoledd pur a'i llygaid yn swmp o sêr, ond fedrai hi ddim. Fedrai hi ddim ymgolli yn y foment hon yn fwy nag y medrai hi rwystro ei hun rhag deffro bob bore gan ofni y byddai ei mab wedi marw'n sydyn yn ei gwsg, neu deimlo, ar bob caniad ffôn, bod 'na rhywbeth dychrynllyd o angheuol wedi digwydd yn rhywle. Wrth gamu o lwybr car rhyw brynhawn, roedd hi eisoes yn clywed sgrialu'r olwynion wrth iddynt rolio dros ei phen, ac yn dychmygu sut olwg fyddai ar wyneb Gwydion pan welai big yr heddwas ar ochr arall y drws. Roedd drygioni'r byd wedi'i gwenwyno'n llwyr, ac unwaith eto roedd yn wynebu digwyddiad ymhell, bell yn ei gorffennol, yn hytrach na gafael yn dynn yn ei gŵr a gadael i'r foment hon ei hawlio.

Dadl fu'r sbardun a chofiai i'r dim bob un manylyn creulon ohoni. Gwydion oedd ar fai. Credai Lena hyd yn oed bryd hynny ei fod e'n benderfynol o osgoi symlrwydd. Y noson honno taerodd ei fod yn ei charu, ei fod yn barod i dreulio gweddill ei fywyd yn ei chwmni, i fagu teulu hyd yn oed, ac yna, ar ddiwedd y frawddeg, dywedodd nad oedd e'n fodlon ei phriodi.

"Dwi ddim yn gweld pam rwyt ti'n 'y ngorfodi

i neud hyn… dwyt ti ddim hyd yn oed yn berson crefyddol…"

"Ond ma pawb yn disgwyl i ni neud. Bydd 'yn rhieni i'n…"

"Dy blydi rhieni di! 'Da ti dwi'n byw, nage 'da nhw!"

"Fydd pethe lot haws i ni os newn ni."

"Haws iddyn nhw ti'n 'i feddwl…"

"Weithie ma'n rhaid i ti neud pethe er lles pobol erill! Paid â bod mor hunanol 'nei di…"

"Wel sori, ond os na cha i fod yn hunanol am 'y niwrnod priodas i'n hunan…"

"Bydd pethe'n lot haws i ni fel hyn, gei di weld…"

"Beth yw'r pwynt byw bywyd hawdd?"

"'Wy jyst yn credu os ydyn ni'n mynd i wneud datganiad swyddogol fel hyn yna mae'n well 'neud e'n iawn. Ca'l rhwbeth ar bapur…"

"Be sy 'da papur i 'neud â chariad?"

"Jyst i neud pethe'n swyddogol, rhag ofon…"

"Rhag ofon! Nid fel 'na ma meddwl am weddill dy fywyd 'da rhywun… Ofon sy'n cysylltu ni nawr, ife?"

Roedd yr atgof yn cymryd saib-rhan-amser ar y geiriau hynny. Ond nid dyna oedd y rhan waethaf ohoni. Roedd y saib yn rhywbeth lleddfol, angenrheidiol, er mwyn paratoi ar gyfer yr hunllef go iawn. Roedd yn rhaid iddi gyfaddef nad meddwl am Gwydion yn cau'r drws ar ei ôl ac yn poeri ei regfeydd i wyneb y noson wag, oedd y broblem, ond y ffaith nad oedd *hi* wedi ffrwydro'n llawn cynddaredd yn y fan a'r lle. Yn sicr fe fyddai hynny wedi gwaredu'r drwgdeimlad mewn modd llawer llai niweidiol – yn hytrach na gadael i'w dialedd fagu ymgorfforiad.

Wedi'r ddadl, cydiodd yn ei waled ac aeth hi lawr i'r dafarn leol. Dewisodd yr opsiwn rhagweladwy, disgwyliedig, a boddodd ei gwg mewn alcohol.

"Peint o Owain Glyndŵr plîs."

"Iawn. Unrhyw beth arall?"

Credai ei bod yn deall y geiriau hynny i'r dim. Roedd hi'n amlwg bod y barman yn cymryd mai ei phartner hi, y gwryw, fyddai'n yfed y peint hwnnw, a'i fod yn fwy na thebyg yn parcio'r car yn y cefn er mwyn iddi hi gael achub y blaen ac archebu'r diodydd. Yn ei dyb e, fe fuasai'r 'fenyw fach' yn dilyn archeb ei gŵr gyda rhywbeth llawer mwy delicet, fel gwin gwyn a soda. O leiaf, dyna a feddyliodd ar y pryd. Gallai weld nawr, gydag ôl-ddoethineb praff, mai bod yn gwrtais ydoedd. Ymateb i dechnegau'r hyfforddiant staff fel bachgen da.

"Ie plîs. Un arall." Poerodd ei ragdybiaeth ddychmygol yn ôl yn ei wyneb.

"Ocê."

Doedd gan y barman fawr o ots beth oedd hi'n ei yfed wedi hynny. Roedd ei holl sylw wedi'i hoelio ar flonden-silicon ym mhen draw'r bar. Petai honno wedi gofyn am ddeg peint o Owain Glyndŵr, a'r rheiny mewn cafn, fe fyddai wedi gwireddu'i dymuniad mewn hanner eiliad, heb feddwl ddwywaith. Roedd hynny'n brifo ei balchder hefyd, y ffaith nad oedd hi'n creu argraff o gwbl ar y barman-un-deg-saith-oed, ac na fyddai e'n dychwelyd y noson honno a dweud wrth ei ffrindiau amdani. Dim ond brolio am bâr o fronnau plastig, ei

darian aur ar ddiwedd y shifft. Doedd ganddo fawr i
frolio yn ei gylch, chwaith. Roedd y flonden-silicon
mewn gwaeth cyflwr na hi, hyd yn oed, a'i hwyneb
wedi'i naddu'n gysgodion du gan seidr ac ambell fodca,
ei sigarét yn gorwedd yn drwsgl rhwng ei dannedd, a
rheiny'n afiach o felyn. Ystyriodd ymuno â hi am eiliad,
tan iddi weld y cannoedd o greithiau bychain ar ei
braich chwith wrth iddi ollwng ei gwydryn, a'r rheiny'n
glwyfau ffres, gwaedlyd.

Yfodd hi'r Owain Glyndŵr-dwbl gyda gwên, er bod
blas ffiaidd arno. Ond wedi'r ail-lowcied, y peint cyntaf,
y trydydd, y pumed, sawl sigarét ac un sigâr, roedd hi'n
gynnes braf, yn barod i wynebu unrhyw beth. Braidd ei
bod hi'n cofio pwy oedd Gwydion, heb sôn am Owain
Glyndŵr. Aeth at y bar unwaith eto.

"Pyeiint o Oww Jii, plîs ," dywedodd, gan faglu dros
ei Chymraeg gorau.

"I'll get that," meddai llais dwfn, anghyffredin o ben
pella'r bar.

Dyna pryd y trodd ei phen a gweld dyn ifanc, golygus
yn ei dallu â'i ddannedd gwynion.

*"Of course, we post-colonials have to stick together, even
if the only language between us is the language of the Empire.
We can transcend that gap… make it new…"*

Roedd y dieithryn wedi bod yn siarad ers hanner
awr ar dop ei lais, a Lena heb gael cyfle i ddweud fawr
ddim. Yfai'n wyllt ac yn ddirwystr, nes bod Owain
Glyndŵr yn swp sâl yn ei stumog, a llais y dieithryn
yn swnio fel petai e'n dod o waelod y môr. Cododd
ei phen yn rhy sydyn, gan weld tri ohono, heb fod yn
siŵr i ba gyfeiriad y dylai edrych. Bob hyn a hyn roedd
hi'n pendroni pwy ydoedd. Myfyriwr ail flwyddyn yn

astudio rhywbeth-neu'i-gilydd yn y Brifysgol. Gwyddel, a'i dafod yn gyfoeth o gytseiniaid. Digon ifanc i fod yn... yn... cyfrodd Lena'r blynyddoedd rhyngddynt ar ei llaw... digon ifanc i fod yn frawd iddi!

Dyma ddyn ag arno ofn distawrwydd. Hyd yn oed yn ei meddwdod adwaenai'r ffaeledd hwnnw. O'r eiliad y cychwynnodd y sgwrs, dyna lle'r roedd e, yn arllwys ei eiriau i'r gofod rhyngddynt, yn tewhau'r tawelwch â'i dafod. Teimlai ei hun yn boddi mewn gwydryn llawn o eiriau, yn cael ei phenelinio'n swrth gan ebychnodau a rhagymadroddion, a'i gwasgu'n ddim rhwng mwyseiriau ac idiomau.

"Of course when I read about Wales's colonial history I just realised that it was my fate to come here to create my own identity anew, to inspire a new vision..."

"You're giving me triple vision," canodd Lena.

"I know, isn't hybridity a wonderful thing? My name's Leary, by the way. It should be O'Leary, really, but don't get me started on that, we both know how manipulative history can be. I don't believe in cycles myself. Straight lives, that's what identity is all about. Where was I anyway? Oh yes..."

Doedd hi ddim yn cofio rhyw lawer iawn wedyn. Gyda phwysau ei chorff yn rhy drwm ar ei choesau, roedd hi'n llawer haws rhywsut iddi rannu tacsi, er ei fod yn teithio i ochr arall y ddinas. Yna, roedd hi'r un mor hawdd ildio i ychydig o gusanu blêr, rhyw ddadwisgo clinigol, ac yna, yn haws gorwedd yn ôl a theimlo'n sâl, a gadael i Mr Leary-heb-yr-o wingo ar ei phen, a gwireddu ei freuddwyd ôl-drefedigaethol. Roedd hi'n cofio'r olwg orffwyll yn ei lygaid wrth iddo rygnu'n egnïol a deheuig ar ei phen, ac roedd hi fel petai'n cofio gweld ei hwyneb ei hun yn syllu'n ôl arno, y llygaid wedi celu'n wyllt yn eu socedi, y gwallt yn guriadau anwastad

ar hyd cynfas fudr, a'i cheg gam yn gwbl lonydd, heb
yngan yr un ebychiad o bleser na phoen, 'mond datgan
ei mudandod, ei siom, ei gywilydd yn yr hyn oedd yn
digwydd iddi.

Ond nid trais ydoedd, wedi'r cyfan, er i Lena
deimlo sawl gwaith iddi dreisio'i bwriadau'r noson
honno. Ildiodd i'w gusanau gan deimlo'r brawddegau
o edifeirwch yn cronni'n ei hymennydd, *paid neud hyn i
Gwydion, paid neud hyn i ti dy* hun, ond eto, roedd hefyd
wedi mwynhau melfed ei wefus ar ei min, a'i wyneb
esmwyth, ifanc yn erbyn ei hwyneb hithau, a oedd mor
wahanol i rathiad pigog, defodol Gwydion. Roedd e'n
ddyn annwyl, golygus, a oedd ar dân eisiau ei phlesio,
ond sylweddolodd ymhen fawr o amser nad oedd hi'n
teimlo dim dan anesthetig yr Ow-Jî, er gwaethaf ei
ymdrechion.

Wedi distawrwydd hir, llesmeiriol, fe syrthiodd
yntau i gysgu, a cheisiodd Lena hawlio ei hun yn ôl a
gwaredu'r lluniau brawychus o'i chydwybod. Ond buan
y sylweddolodd, wrth gerdded adref yn y bore bach, bod
y llun bellach wedi ehangu, a dyblu, a'u bod ar ochr pob
bws, pob bwrdd-poster ac yn ffenest pob siop. Erbyn iddi
gyrraedd y tŷ roedd wyneb Mr (heb O) Leary hefyd yn y
llun, yn eistedd ar ei phen hi, yn noeth, a'i wên sialcaidd
ynghlwm wrth swigen-siarad a ddywedai rhywbeth hurt
fel: *"Wales: entering the cross-cultural."* Chwydodd mewn
bin sbwriel.

Fedrai hi ddim rhoi'r bai i gyd ar Owain Glyndŵr.
Roedd hi'n eithaf posib ei bod hi wedi cysgu gyda dyn
arall am ei bod hi eisiau gwneud. Am ei bod hi eisiau i
rywun ei gweld hi o'r newydd. Angen teimlo bod dyn
yn ei chusanu am fod ei groen ar dân drosti, ac nad oedd
yna unman gwell y dymunai fod nag yno, yn ei chwmni

di-eiriau. Cnawd eto'n ddim byd mwy na chnawd, a'r dewis mewn dwylo chwyslyd.

Wrth gyrraedd y tŷ, sylwodd ei bod wedi cerdded adre a 'mond un hosan amdani. Fel rhyw Sinderela ôl-fodern.

Yna, oerodd ei thraed wrth weld bod Gwydion wedi gadael neges ar ei drws.

'Wy'n ffŵl.

Suddodd Lena i bwll o ddagrau wrth ei drws ffrynt. Gyda hosan o'i heiddo ar goll am byth ym myd dyn arall, gwyddai mai hi oedd yr unig ffŵl yn y stori hon.

Wedi iddyn nhw garu ar lawr yr ystafell molchi y bore hwnnw, roedd Gwydion wedi sgwennu'r union eiriau hynny mewn stêm ar wyneb y drych. *Wy'n ffŵl*. Fe'i harswydwyd gan y peth fel petai ei chydwybod, unwaith eto, wedi rheoli ffawd yr eiliad. Dyna pryd y'i trawyd gan y ffaith:

Pum mlynedd a dydy e'n dal ddim yn gwybod.

Eto, wrth ei wylio'n bwyta ei frecwast.

Does 'na ddim modd iddo wybod, os na ddyweda i wrtho.

A'r ergyd derfynol.

Os galla i guddio rhywbeth, yna fe alle fe hefyd.

FFLAT 2

YSGRIFENNODD Cain Lewis nodyn yn ei atgoffa ar gefn ei focs creision ŷd: 'Cyn adeiladu awch am chwisgi, gwna'n siŵr fod gen ti beth.' Roedd wedi argyhoeddi ei hun, yr holl ffordd adre, bod ganddo botel o Jamesons yng nghefn y cwpwrdd bwyd. Wedi cyrraedd adref, serch hynny, sylwodd fod ei ddychymyg twyllodrus wedi creu ac addurno rhywbeth nad oedd yn ddim byd mwy na chwarter potel o sieri coginio rhad, a hwnnw'n blasu'n debyg iawn i godwr paent. Ond gan ei fod newydd dreulio noson yng nghwmni Julie, roedd codwr paent yn well na dim.

Suddodd i floneg meddal y soffa wen, a theimlo'i ymennydd yn ehangu unwaith yn rhagor. Caeodd ei lygaid a cheisio ymlacio. Gwacáu ei feddwl, dyna oedd yn addas ar adeg fel hyn, yn ôl y therapydd a welodd unwaith. Ond gynted ag y meddiannodd rhyw ofod gwyn, perffaith, cofiodd iddo dynnu'i esgidiau wrth ddod i'r fflat, a'u bod yn dal i orwedd yn drwsgl ar y mat croeso a chornel hwnnw'n wincio'n gam arno o gornel yr ystafell. Doedd dim amdani ond codi o'i sedd a gosod yr esgidiau'n ôl ar eu rhesel. Roedd y mat yn anoddach i'w drin – efallai'n wir y byddai'n rhaid iddo ystyried ei smwddio'n ôl i'w le rywbryd.

Doedd yna ddim byd yn syml ynglŷn â chwmni Julie. Roedd cynnal trafodaeth gyda hi fel chwarae rygbi, Monopoly a Scrabble ar yr un pryd. Hi oedd bob amser yn dal y bêl, y dis a'r llythrennau, ac yntau'n rhedeg mewn cylch o gwmpas y geiriau, heb obaith sgorio pwynt. Gan lanio yn y clinc, heb glincen.

"Julie, ti'n edrych yn dda."

"Dwyt *ti* ddim."

"Diolch."

"Dwi *i* ddim chwaith. Paid â dweud dy fod ti heb sylwi pa mor dew ydw i."

"Wel, ti 'di llenwi mas on'd dwyt ti, ond mae hynny'n…"

"Dwi *yn* cario babi, Cain, os nag oeddet ti 'di anghofio."

"Dyna be o'n i ar fin…"

"Trystio ti i 'weud 'mod i'n dew."

Yn ôl ei fam, mynnodd Julie fod pawb yn mwynhau'r dathliadau priodasol er gwaethaf absenoldeb y priodfab. Fe fu brecwast priodas, hyd yn oed. "Fedrwn i ddim peidio â mynd," taerodd ei fam, "roedd yn rhaid i rywun dy gynrychioli di." Carlamodd Julie ei ffordd trwy saith cwrs, a sglaffio hanner y gacen priodas. Roedd y gwesteion dan yr argraff ei bod hi'n ymdopi'n arbennig o dda, hyd nes y'i gwelwyd hi, dair awr a thair potel yn ddiweddarach, yn ceisio llyncu'r gwas priodas plastig oddi ar y deisen a'i foddi gyda llond ceg o siampên.

"Gobeithio nag o't ti'n bwriadu yfed heno, Cain."

"Wel, ti sy'n gyrru… mi fynnest ti…"

"Ti'n gwbod 'i bod hi'n niweidiol i fi yfed, yn y cyflwr ma…"

"Ydw, ond…"

"Wel… gan mai dy fabi di yw e…"

"Ie, ond dyw hynny ddim yn golygu 'mod *i'n* methu yfed."

"Nac ydi, ond pe bait ti'n cario'r babi ma a dim fi, fedret ti ddim…"

"Ond *ti* sy'n 'i gario fe. Tro dwetha nes i jecio ro'dd dynion yn methu…"

"Dau sudd oren, plîs. Ga i'r rhein. Cei di dalu am y bwyd."

Dewisodd fwrdd tawel yng nghornel y bwyty. Roedd e'n synhwyro bod gan Julie o leiaf ugain o bethau hurt i'w dweud, a'r rheiny mewn llais annioddefol o uchel. Gan nad oedd ganddi ei chynulleidfa, gobeithiai y buasai hi'n colli'r awydd i berfformio. Sylweddolodd, wrth gerdded tuag at y bwrdd, ei fod e'n gwybod yn union lle'r oedd e'n mynd, ac roedd 'na ryw deimlad cyfarwydd, rhyfedd yn ei feddiannu. Bu e yma o'r blaen, mae'n rhaid, er doedd e ddim yn cofio pryd. Y toiledau, meddyliodd yn sydyn, dyna sut oedd mesur pa mor gyfarwydd ydoedd â'r lle.

Roedd ganddo berthynas unigryw â thai bach. Doedd ganddo fawr o ddawn at ddim byd, ond gallai gofio tai bach gyda manylder diamheuol. Dyna'r peth cyntaf y byddai'n rhaid iddo wybod wrth gyrraedd unrhyw leoliad, nid yn unig lle'r ydoedd, ond sut fath o un ydoedd. Dywedodd gelwydd wrth Julie, wedi iddi hithau gwyno ei fod e'n llamu o'r bwrdd at y tai bach 'bob dwy funed', wrth iddo awgrymu bod ganddo gyflwr meddygol difrifol, rhyw glefyd anesboniadwy yn ymwneud â'r coluddyn. Gwelodd yr ofn ar ei hwyneb bryd hynny, wrth iddi gamu deng mlynedd i'r dyfodol a dychmygu'i hun yn gofalu am lond tŷ o blant anhwylus, fel rhyw wraig ddewr mewn nofel o'r ddeunawfed ganrif.

Ond doedd 'na ddim byd o'i le arno, dim go iawn. Dim byd mwy difrifol na'r niwrosis arferol, y rheidrwydd i redeg at y drych i weld a oedd e'n dal i fod yno, i sgwrio budreddi'r dydd oddi ar ei ddwylo, i glywed ei enw ei hun yn bownsio'n ôl ar hyd y waliau ac, wrth gwrs, yr arwydd arferol i wacáu, i buro, i droi ei hun tu chwith allan a chysylltu'n sydyn gyda'r hyn oddi mewn. Roedd y toiledau bob amser yn ddihangfa iddo, yn rhyw fath o ofod niwtral lle nad oedd disgwyl iddo fod yn atebol nac yn gyfrifol am ddim byd. Gan wybod, tu ôl i'r drws, fod y cymhlethdodau arferol yn aros amdano. Weithiau, fe fyddai'n gadael iddyn nhw aros.

Sut doiledau oedd yma? Pa berthynas gafodd e â nhw? Caeodd ei lygaid. Gallai weld tapiau arian, onglog, waliau hufennog, a sebon sent fanila. Clywodd Vivaldi – sgubo sionc y pedwar tymor – yn ei ben. Yna gwelodd ei ddwylo crynedig ei hun o dan y dŵr oer, a chlywed igian gwag ei stumog wrth iddo wasgu, ei wyneb yn rhythu'n gyhuddgar yn ôl yn y drych. Ond nid fe oedd yno, chwaith, ond rhywun arall. Y rhywun arall hwnnw a fu yno erioed.

Ac yn sydyn iawn, gwyddai'n union pryd y bu yma o'r blaen.

"Be wyt ti am gael?"

"Paid, Cain."

"Paid beth?"

"Trio ymddwyn fel 'se popeth yn iawn. 'Wy'n credu bod y ddau ohonon ni'n gwbod nag yw e…"

"'Wy jyst yn trio cynnal sgwrs, Julie. Galwa fi'n hen ffasiwn."

"Taset ti'n hen-ffasiwn byset ti 'di aros lle o't ti yn y capel 'na…"

"'Wy jyst ishe bach o normalrwydd rhyngon ni, dyna i gyd."

"Normal? Normal ti'n galw eistedd gyferbyn â'r ferch feichiog roeddet ti *fod* ei phriodi, a hynny yn yr union le roeddech chi *fod* torri'r deisen?"

Unwaith eto, roedd e nôl yn y toiledau o flaen y drych, a'i ddwrn yn codi'n ara bach i gyfarfod ei ddannedd miniog. Clywodd Julie a'i mam yn chwerthin yn ddirwystr, ymhell, bell i ffwrdd, yn rhywle, a rhyw ben bach o drefnydd priodas yn clip-clopian yn eiddgar ar hyd y coridorau sgleiniog. "Da ni wrth ein boddau â'r lle," atseiniai Julie, yn fochgoch o falch, gan arddel y gair bach gwenwynig unwaith yn rhagor. "Y lle perffaith ar gyfer ein priodas ni, mae e mor... chwaethus, on'd yw e Mam?" Mwy o chwerthin. Y chwys yn rhaeadru ar ei dalcen, mor gyflym nes blasu ei edliw hallt ar ei wefusau funudau wedyn. Ac yna'r gnoc chwyrn ar y drws wedi i'r funud droi'n bedair, ac wrth i'r pedair droi'n chwarter awr. "Cain? Ti 'di cael pwl arall? Ma ishe i ni ddewis y blode."

Y peth diwethaf oedd arno eisiau ei wneud oedd gadael sicrwydd oer, plaen y toiledau i wynebu tusw o liwiau afiach.

Cododd ei lygaid drachefn i gyfarch y dieithryn.

"Ti ddim hyd yn oed 'di sylwi, 'yt ti?"

"Wrth gwrs 'mod i! 'Wy'n cofio'r... gweinydd. Nawr, nage fi oedd ishe dod ma heno Julie, felly paid ti â trio..."

"Na, dwyt *ti* byth ishe wynebu pethe. Syllu ar dy gefen di ro'n i drwy'r amser."

"Yna pam cytuno priodi, Julie?" Mentrodd. Fe'i synnwyd gan ei ddewrder ei hun y foment honno.

Doedd e ddim eisiau gwybod yr ateb. Roedd e'n gwybod hynny'n barod.

"Os nad o'dd pethe'n iawn? Do'n nhw byth cweit yn iawn o'n nhw?" ychwanegodd.

"Wel, gallen i ofyn yr un cwestiwn i ti. *Ti* ofynnodd i *fi*, cofia."

Fe ddylai fod wedi gwybod y gwnâi hi osgoi'r cwestiwn, gan ddiflannu i'r cysgodion yn ei hesgidiau gorau.

"'Wy'n gwbod. Falle 'mod i ofan... ofan pido â neud y peth iawn... ti'n gwbod... ar ôl beth ddigwyddodd i Mam a phopeth..."

"O dim hwnna 'to, Cain, plîs ! Pryd rwyt ti'n mynd i ddechre cymryd cyfrifoldeb, a stopo beio popeth ti'n neud ar ryw stori geiniog a dime..."

"Ma fe'n fwy na 'na, Julie, ma fe'n... wel, yn *gymhleth*."

"O'n i'n meddwl bod y therapi 'na..."

"Stopes i fynd."

"Ie, blydi typical, ti'n ffaelu glynu at ddim byd..."

"Ti'n ffili jyst dilorni'r holl beth, Julie. Ma'r gorffennol, ma fe, wel... ma fe'n dal i 'nilyn i.' Wy'n teimlo fel se'n i'n..."

"Rhywun arall, bla bla bla. 'Wy'n gwbod hyn i gyd Cain, cofio? Dyw e ddim yn blydi esgus, oreit? O'dd pawb yn gallu gweld bo ti'n ofni rhwbeth... yr eiliad est ti mas trw'r dryse... ond y ffaith yw, fe dwyllest ti fi. Wedest ti byddet ti gyda fi am byth. Addawest ti. Wedest ti gelwydd. Ti ddim yn gallu esbonio'r celwydd gyda rhyw fflipin *Oedipus complex* nonsens."

"'Nei di gadw dy lais lawr, Julie... a nage 'na beth yw e beth bynnag..."

"Wel, tan bo ti'n rhoi diffiniad gwell i fi dyna beth fydda i'n 'i alw fe, reit? Wedest ti *gelwydd,* Cain."

"O, a wedest ti ddim celwydd eriod, naddo!"

"'Wy'n gwbod beth ti'n trio 'neud ond neith e byth weitho… ma 'nghydwybod i'n glir, diolch."

"Wyt ti chwe mis yn feichiog, er mwyn y mowredd! Oedd y babi 'na dan dy ffrog briodas di."

"Ie, wel, do'n *i* ddim yn gwbod 'ny, o'n i?"

"O't ti dri mis bryd hynny, a ma'n anodd 'da fi gredu…"

"Dyw rhai menwod ddim yn dangos…"

"Ond ma menywod… yn… wel yn *gwbod*…"

"Wyt ti byth yn mynd i newid dy dacteg 'yt ti, Cain? Ma'n rhaid bod e wastad yn fai ar rywun arall."

"'Wy jyst yn gweud… tasen i 'di gwbod…"

Llyncodd ei eiriau'n sydyn, ond roedd hi'n rhy hwyr. Roedd y frawddeg yn morio yn yr awyrgylch drwchus rhwng y ddau. Gwelodd Cain enau'r trap yn cau amdano.

"Taset ti'n gwbod… fyddet ti 'di aros?"

Gyda'i holl nerth, gwthiodd Cain y metel caethiwus oddi ar ei ysgwyddau.

"Na fysen."

"Wel 'na ni te. 'Na ddiwedd ar hwnna. Wyt ti ddim yn becso iot te am beth ddigwyddodd i dy fam druan, wyt ti? Be gymri di i'w fyta? 'Wy'n ffansio'r *penne arabbiata.*"

Fe'i brathwyd gan ei chyhuddiad olaf. Roedd e'n wir, wrth gwrs, tase fe wir *yn* poeni cymaint â hynny ynghylch yr hyn a ddigwyddodd, fe fyddai wedi ymdrechu rhyw fymryn yn galetach i wneud yn iawn am hynny. Ond hefyd, fe gredai ym mêr ei esgyrn mai ei ffawd oedd dilyn yr un patrwm yn union. Beth bynnag a wnaeth e – yr *e* anweledig hwnnw oedd yn gyfrifol am greu ei esgyrn, ei wyneb, ei wên – a'r hyn ddigwyddodd iddo, roedd hynny'n rhan o batrwm cul ei fywyd yntau. Gwelodd ei fam hynny'n barod. "Yn gwmws fel dy dad," fe fyddai hi'n ebychu weithiau, cyn gwthio'r frawddeg yn drwsgl nôl i'w cheg gerfydd ei hances. Ond gwelodd y lluniau. Gwyddai'n iawn ei fod yr un ffunud ag e, cymaint nes bod hynny'n frawychus. Gwelodd ei hun yn sefyll wrth ymyl ei fam ar ddiwrnod y briodas, yn pwyso yn erbyn car mawr gwyrdd yn ei lodrau llaes, yn sefyll o flaen drws y tŷ yn ei siwt a'i dei yn rhyfedd o *retro*, ac yna, gwelodd ei hun yn dal baban yn ei freichiau, yn dal *ei hun* yn ei freichiau – meddyliodd droeon, gydag arswyd argyfyngus – gan deimlo presenoldeb ei fam, fel bwlb gwan, tu ôl i'r lens.

Yn sydyn iawn roedd e'n wyth mlwydd oed tu ôl i ddrws y pantri, yn gwrando ar ei fam ac Anti Hilda yn siffrwd gwirioneddau rhwng silffoedd.

"Dere nawr, Eldra, paid ag ypseto dy hunan."

"O Hilda, ma fe'n gwbod, on'd yw e?"

"Wyth mlwydd oed yw e, w. Dim ond synhwyro pethe ma nhw'r oedran 'na. All e synhwyro faint ma fe'n moyn, ond fydd e byth yn *gwbod*."

"Dylwn i fod wedi siarad ag e, cyn iddo fe ffeindo mas… fydde pethe wedi bod lot haws…"

"Paid â bod yn dwp, achan, ti'm ishe bod e'n siarad ambiti fe ar iard yr ysgol, 'yt ti? Rhieni'n dod i wbod, athrawon yn busnesan. Ni'n well off yn cadw'r peth rhyngto ni'n hunen."

"Ie, ond… *ni* ddim 'di neud dim byd o'i le, do fe? Sdim ishe…"

"Nage 'na fel byddan nhw'n gweld pethe, Eldra, creda di fi."

"Ond ma'r crwt yn dechre ame, Hilda…"

"Gad iddo fe ame. 'Mond iddo fe beidio â *gwbod,* ontefe."

Gadewch i mi wbod, atseiniodd y Cain wyth mlwydd oed o'r cysgodion, heb syniad yn y byd am beth roedd ei fam a'i fodryb yn sôn.

A do, fe ddechreuodd amau, ac fe ddaeth i wybod, yn y pen draw, yr hyn a lechai tu ôl i lygaid llwyd Anti Hilda, i wylofain glas ei fam liw nos, i sibrydion pinc y parlwr a thrwch melyn y bara menyn. Y lliwiau oll wedi eu cydlynu'n ofalus er mwyn cuddio'r düwch enbyd oedd yn bygwth ei lyncu.

Teimlodd floedd oren y sudd yn ei stumog, ac fe lamodd yn sydyn yn ôl at ei bresennol. Roedd Julie'n wahanol heno, rywsut. Roedd yna rywbeth llai brawychus yn ei hymddangosiad. Bod yn feichiog oedd hynny, mae'n rhaid. Cofiodd glywed Trixie'n dweud unwaith fod beichiogrwydd yn meddalu gwedd menyw. Ond nid y tafod, chwaith. Meddyliodd pa mor braf fuasai torri tafod Julie i ffwrdd. Digon o *anaesthetig* gyntaf, wrth gwrs. Fydde fe ddim ishe achosi poen diangen iddi. Fe allai ei gadw mewn blwch bach gwydr, neu'n well fyth ei biclo a'i gadw tan yr haf. Gallai hyd yn oed ei ychwanegu at salad bach blasus, a gwneud argraff ar ei fam gyda'i sgiliau cogyddol newydd. Tybed sut flas fyddai arno?

"Cain!"

Roedd y gweinydd uwch ei ben a breichiau Julie

yn groes o ddiamynedd.

"Be gymrwch chi, syr?"

"O, be wyt ti'n ca'l, Julie? *Penne Arabbiata*?"

"Na, wedi meddwl, ges i bendro tro d'wetha fytes i fe. Salad Groegaidd i ddechrau a'r cimwch fel prif gwrs, ond paid ti â mentro… "

"Yr un peth, plîs. Diolch."

"Ti'm yn newid dim, wyt ti?"

Taflodd wên lydan ati. Roedd yn dechrau mwynhau ei hun.

Erbyn iddo orffen ei gwrs cyntaf roedd wedi llwyr anghofio beth yn union oedd bwriad y noson. Mor rhwydd oedd camu'n ôl i'r hen arferion, eistedd wyneb yn wyneb gan segura yn yr un hen fudandod ansicr. Sglaffio llond bola o fwyd gan wybod y byddai ei gymar yn maddau'r olew ar ei ên, y dail rhwng ei ddannedd. Roedd Julie wedi mynnu bod yna 'bethau i'w trafod' heno, ond ni wnaeth hi'r un ymdrech i drafod dim ond y fwydlen, y lliain bwrdd, a phen-ôl y gweinydd deunaw mlwydd oed. Er gwaetha'r pantomeim o berthynas rhyngddynt, roedd Julie ei angen, gwelai hynny'n glir. Roedd Julie'n ei garu, hyd yn oed. Gwelodd ei anghwrteisi ei hun wrth beidio â'i charu. Roedd hi mor syml â hynny. Roedd hi o'i flaen, mewn ffrog sidan werdd, yn gwbl iach a phrydferth, gan ddenu llygaid yr holl ddynion yn yr ystafell, ond gwelai Cain ŵydd o'i flaen – mor syml â hynny. Ac roedd arno ofn gwyddau.

Mae 'na dri ohonon ni ma – tarodd hyn ef fel bricsen – gan gofio am yr hyn oedd yn cyniwair tu mewn iddi, yn troi a throsi yn y cochni rhyfedd, yn estyn bodiau o flaen ei lygaid, heb wybod eto mai bodiau a llygaid oedd yr enwau i gyd-fynd â'r siapiau rhyfedd o'i flaen, o'i blaen. Merch neu fachgen? Oedd ots? Oedd, sylweddolodd yn sydyn. Roedd yn rhaid iddi fod yn ferch, penderfynodd, a chyda'r fath bendantrwydd nes gollwng ei fforc.

"Beth ddiawl sy'n bod arnot ti Cain? Ti'n ffaelu aros yn llonydd."

"Wyt ti'n gwbod beth yw e?"

"Sdim enw am dy gyflwr di, Cain, meddet ti…"

"Nage, y babi. Merch neu fachgen?"

"O… wel, nid pawb sy ishe gwbod."

"Ond mi wyt ti?"

"Ma'n sbwylo'r syrpreis. Ma nhw'n rhoi dewis i ti. Ti naill ai ishe gwbod, neu ti ddim. A weithie ma'r gŵr ishe gwbod, ond dyw'r wraig ddim, a weithie …"

"Julie!"

"Odw, dwi'n gwbod, oreit."

"A?"

"Dyw e ddim yn bwysig."

"'Nei di weud wrtha i, plîs?"

"Dwi ddim yn meddwl bydd hi'n iach i ti wybod."

"Bachgen yw e te."

"Dyma ni – o'n i'n gwbod mai fel hyn bydde hi – ma'n siŵr 'set ti ddim eisie bod yn rhan o fywyd y babi o gwbl tase fe'n fachgen. Y blydi 'patrwm'…"

"Wedes i ddim 'ny, do fe!"

"Na, sdim ishe i ti."

"Bydde merch wedi bod yn… neis."

"Dwyt ti ddim yn deall merched, Cain bach."

"Allen i ddysgu."

"Dim blydi dosbarth nos yw cael plentyn, Cain…"

"Drych, 'wy'n trio ngore…"

"Se'n well i fi fagu nhw ar 'y mhen 'yn hunan…"

"*Nhw?*"

Roedd hi'n anodd gwybod ai cellwair oedd Julie ai peidio. Cofiodd yn sydyn bod ei fam-gu a'i hen fodryb Heti'n ddwy efaill. Neu ai fe oedd yn drysu eto? Na, menyw fawr oedd Heti, dyna'r cyfan. Meddyliodd am ei fflat yn bodoli'n ddistaw bach ar ei ben ei hun. Ffôn yn canu mewn stafell wag, wrth i'r ferch i fyny'r grisiau gynhyrfu'r llenni â'i thraed. Y mat croeso'n crychu, a gorchudd y gwely'n diogi. Crysau glas yr wythnos ganlynol yn rhwbio yn erbyn ei gilydd yn y cwpwrdd crasu, y tap dŵr oer yn ddagrau pitw, a'r rhewgell yn hymian, wrth i'r ham lwydo.

Roedd y tŷ bach yn ei alw.

"Na, ti ddim," rhybuddiodd Julie, gan ei wasgu'n ôl i'w sedd.

Er mwyn ceisio'i gorddi ymhellach, ymgymerodd Julie â sgwrs wleidyddol gyda'r dyn ar y bwrdd nesaf. Gafaelodd yn y ddadl nerth ei phig fach finiog, a gwrthod ei gollwng. Aeth ati i ddefnyddio'i rhesymeg, ei rhethreg, ei methodoleg, ynghyd ag ychydig o'i thymer naturiol. Gallai e fod wedi'i hedmygu, petai hi'n dadlau o blaid rhywbeth ychydig yn fwy synhwyrol na'r angen i ddefnyddio arfau ym mhentrefi cefn gwlad Cymru. Wrth i'r sgwrs ddyfnhau, lledaenodd tawelwch Cain. Gwyddai fod pob mymryn o'r tawelwch hwnnw'n canu yng nghlustiau Julie, a'i bod hi'n gweld ei doniau llafar fel prawf o'i phwysigrwydd ac o'i rhagoriaeth, a'i dawelwch yntau'n arwydd o'i wendid ac o'i ddiffygion. Dyna pryd y dechreuodd e grefu am chwisgi.

"Mae'ch gŵr chi'n dawel on'd yw e?"

"O, dyw e ddim yn ŵr i mi."

"O, dwi'n gweld. Ffrind, ife?"

"O na. Dim o gwbl."

"O… wel dyma 'ngherdyn i rhag ofon byddwch chi angen cysylltu. Wel, jyst rhag ofon, ontefe…"

Gosododd Julie'r cerdyn ar ganol y bwrdd, fel prawf o'i llwyddiant.

"On'd o'dd e'n ddyn neis, Cain?"

"Diflas braidd, o'n i'n meddwl. Dannedd od, 'fyd."

"Y math o ddyn fydde'n gwneud *tad* da…"

"Mwy o dad-cu, weden i."

"Y math o ddyn gallet ti… gallet ti gwmpo mewn cariad ag e…"

"Jyst cyn i ti gwmpo mas o'r gwely."

"O ca dy ben, Cain, 'nei di. O'dd e'n ddyn… wel, i ddechre ro'dd e'n ddyn."

"Do'dd e ddim yn gwbod dy fod ti'n disgw'l."

"Nes i ddim cuddio'r peth."

"Nes di ddim sefyll ar dy dra'd."

"Do'dd dim angen, a fe 'di plygu i lawr i gusanu'n llaw i…"

"O ie, 'na i ti ŵr bonheddig."

"Ti jest yn grac am nad o'dd 'da ti ddim i'w ddweud wrtho fe… o'dd e lot mwy deallus 'na ti, o'dd 'ny'n amlwg."

"A ddywedo leiaf, hwnnw yw'r callaf."

"Achos sdim byd lot yn mynd mla'n, lan man 'yn o's e? Sdim *barn* 'da ti am ddim byd, o's e? Wy ddim yn siŵr 'mod i ishe 'mhlentyn i dyfu heb fod ganddo farn am ddiawl o ddim byd…"

"A ŵyr leiaf a ddywed fwyaf."

"Esgus bach cyfleus yw hwnna, Cain."

"O'dd 'i farf e braidd yn ganoloesol, on'd o'dd e?"

Mynnodd Julie ymestyn y noson trwy fwyta dau bwdin, un iddi hi ac un i'r babi. Sylweddolodd Cain, wrth iddi ddweud hynny, na fu'r gair 'babi' yn rhan allweddol o'r noson o gwbl. Doedd e ddim callach am ddim byd. Faint oedd rhaid iddo dalu iddi bob wythnos? Oedd disgwyl iddo ofalu am y babi ar ei ben ei hun weithiau? Fe fyddai'n rhaid i rywun arall fod yno, wrth gwrs – ei fam – fe fyddai hi wrth ei bodd. Pryd roedd rhywun fod gwbod pan fyddai'n amser newid cewyn? Credai ei fod yn gwybod yr ateb i hynny ond gwrthodai ei feddwl ei dderbyn.

"Newn ni drafod e wythnos nesa Cain."

"Ond mae angen i ni sorto rhywbeth mas. Ni ddim 'di trafod pethe'n iawn…"

"Wel, dyna yw natur y fenyw feichiog ti'n gweld, Cain, ffili cadw ei meddwl ar ddim byd. Yr hormons ma i gyd yn rhuthro o gwmpas y lle."

"Gwed ti."

"Fory, Cain. Ffonia i ti fory. Nawr cer miwn i'r car 'na a ca dy ben."

Lledodd y tawelwch i'r corneli. Megis dechrau roedd Julie. Megis dechrau. Doedd dim rhyfedd, felly, iddo yfed y sieri coginio rhad fel petai'n chwisgi chwaethus. O'i ffenest gallai weld car bach Julie'n ymblethu trwy'r strydoedd, hyd nes doedd dim i'w weld ond smotyn coch yng nghanol sêr amryliw'r ddinas. Roedd rhan ohono

a ddymunai gysgu wrth ei hymyl hi'r noson honno,
gan osod llaw warcheidiol ar y man chwyddedig, llyfn
islaw'i bronnau, ac roedd yna ran arall ohono a wyddai
y buasai Julie'n gosod cawell am ei gwely cyn gadael
iddo wneud hynny.

FFLAT 3

MOR DDI-HID oedd ein byd, hi a fi, un-dau-tri, a'r chwerthin llond y tŷ. Roedd hi'n anodd i ddechrau, wrth gwrs; do'n i ddim wedi arfer, nag o'n? Do'n i fawr hŷn na phlentyn fy hun, mewn gwirionedd, er 'mod i'n cerdded strydoedd y ddinas a'm gwallt yn herio'r gwynt, fy nghoesau'n symud yn slic i rythmau'r traffig ac edliw'r tagfeydd, fy ffôn bach yn dirgrynu bob hyn a hyn ym mherfedd fy mag llaw. Ond chwarae bod yn oedolyn o'n i. Y papurau ugain yn afreal yn fy llaw, a'm llais yn gryndod gwag wrth archebu coffi. Do'n i ddim fel y gweddill, â'u llygaid yn galed. Ron i'n dal i gredu, dyna a ddwedwn i bob bore wrth gyrraedd y stiwdio ddawns, a gweld y piffian maleisus yn yr ystafelloedd newid wedyn. "Neith hi ddim para'n hir yn meddwl fel 'na," cofiai glywed un yn dweud. A do'n i ddim wedi para'n hir. Nid am i mi roi'r gorau i gredu, ond am i mi gredu y gallwn oroesi pob dim. Eithriad prin yw person felly.

Rhown unrhyw beth i fod 'nôl yno'n awr, yn ymestyn fy nghoesau ar hyd y barrau arian, fy wyneb yn herio'r drych. Aeth fy ngyrfa ar chwâl, cyn iddi ddechrau. Fy nhad yn ochneidio'n drom ar ben draw'r llinell ffôn. Fy stumog yn tyfu'n fawr a'r twtw ysgarlad yn dechrau rhwygo. "Ond nid fy mai i…" dripiodd fy nghywilydd oddi ar fy ngwefus bitw. Ond roedd e'n wir, ro'n i'n dal i lynu wrth hynny. "Bues i mor ofalus," dywedais wrtho, gan wylio rhag drysu'r gofod rhyfedd hwnnw rhwng tad a merch, "jyst weithie, ma damweinie'n digwydd." Ystrydeb 'rôl ystrydeb yn ystumio yn yr awyr.

Rwy'n cofio wyneb Andre wrth i ni'n dau glywed y rhwyg sydyn. Stopio wedyn. Minnau'n ei gysuro – fydd hi'n iawn, mae 'na bilsen on'd o's? Dros y cownter. Rhwydd. Mater o gerdded rownd y gornel, nôl erbyn brecwast, a phrynu cwpwl o hyni-byns yn y siop fara ar y ffordd nôl. Yntau'n gwylltio 'mod i mor rhesymol. Mae'n amlwg bod hyn 'di digwydd i ti o'r blaen. Wel, do, cyfaddefais, mae e'n digwydd. Mae e jyst *yn digwydd*. Tyfa lan, nei di. Ro'n i'n falch pan gododd ar ei draed a mynd oddi yno. Y gofod eto'n gafael amdanaf, yn gofalu amdanaf. Cerdded yn droednoeth at y rhewgell, agor potel o gwrw melyn, a golchi ei flas oddi ar fy ngwefus gyda swigod leim chwerw.

Ond be 'newch chi, pan fydd y cnewyllyn hwnnw'n benderfynol o wthio'i ffordd tua'r goleuni? Cymerais y bilsen, llyncu'r ail yn ddefodol ddeuddeg awr yn union wedi'r cyntaf, ac aros. Dawnsio fy ffordd trwy ddau fis, gan deimlo'r ofn yn dechrau cydio, a'r chwys yn fy nheits yn dechrau arogli'n wahanol, yn fwy melys. Fy nhraed yn fwy, fy ngwallt yn dewach. A'r hyni-byns yn gwrthod glynu yn fy stumog. Ac yna'r diwedd, y llinell las wawdlyd yn y bocs bach gwyn, a'r lleisiau tu ôl i'r drws yn gorws o sylwadau gwawdlyd.

Roedd un opsiwn arall, wrth gwrs, ond feiddiwn i ddim hyd yn oed sibrwd ei enw. Feiddiwn i ddim, er gwaetha'r ffaith mai dyna a ddywedai pawb fyddai orau. "Dwi 'di cael dau yn barod," meddai rhyw ddieithryn eurben wrthyf yn y stafelloedd newid, wrth glymu'i hesgidiau ballet "'mond cwpwl o orie ma fe'n cymryd nawr. Ma fe jyst fel mynd i gael trin dy wallt." Wrth syllu arni'n crogi'r sidan rhwng ei dwylo, gwyddwn bryd hynny mai 'mond un dewis oedd gen i. Roedd gen i barch ati *hi*, yr hi nad oedd eto'n bod, am iddi fynnu byw. Er y gwelwn Andre o bryd i'w gilydd drwy ffenestri chwyslyd tafarndai'r ddinas, bob tro'n sgwrsio â rhyw fenyw, feddyliais i erioed am dorri'r newyddion iddo. I beth? Er mwyn cael fy nghyhuddo eto o fod wedi 'gwneud hyn o'r blaen'?

Oedd, roedd arna i ofn, ond fe ddois i arfer. Es adref at fy nhad a gadael iddo ddweud wrthyf yn union yr hyn y dylwn ei fwyta, ei ddarllen, ei gredu. Teithio ar drên yn ôl at gynefin gwyrdd, a'm meddwl yn lân. Fy nhad wrth ei fodd. Gadewais iddo fy ngyrru i'r ysbyty mewn tawelwch pur, ac yna'n ôl drachefn, gyda bwndel o gnawd pinc yn fy nghôl. "Peth bach del 'di hi, ynde? Fath â'i mam," meddai, wrth i'r wal rhyngon ni ddechrau disgyn.

Dois i wybod pa deganau a wnâi iddi chwerthin, ac a wnâi iddi gynhyrfu. Dois i ddeall mai darn o bapur yn ei llaw oedd ei hoff beth yn y byd, a bod yn rhaid imi ei gipio oddi arni'n sydyn er mwyn gwneud iddi weiddi'n uchel gyda boddhad. Gwyliais ei hymdrechion cyntaf i ddod i ddeall bod y llaw fechan o flaen ei hwyneb yn rhan ohoni, a gwelais ei gwg pan fyddwn yn ceisio gwneud iddi fwyta'r stwnsh gwyrdd ac oren. Gwelais ei hwyneb yn newid, yn ddyddiol – y trwyn yn lledaenu, y llygaid yn tywyllu. Gwelais fy nhad yn dofi, yn meddalu, yn mwynhau cael ei alw'n Taid. Gwelais nad oedd fy mywyd ar stop – ei fod yn hytrach wedi llamu yn ei flaen, a'r gofod llwyd yn llawn lliw.

Lle mae'r llun 'na? Dyna'r unig un sydd gen i. Rhwygodd fy nhad y llun yn ei hanner y diwrnod yr aeth y byd yn ddu a phob stafell yn gul, rhwygo ei lun ei hun o'r darlun perffaith y taerodd i mi ei chwalu. Fedra i ddim credu nad oes gen i luniau ohoni yn unman. Maen nhw yno yn fy mhen ond dyw hynny ddim yn ddigon – mae'r cof yn rhy dyllog, yn rhy dwyllodrus. "Maen nhw'n newid cymaint yn y chwe mis cyntaf" – faint o weithiau glywais i hynny'n atsain ar hyd llechi'r gegin, uwchben paneidiau? Pam na feddyliais i erioed am gofnodi'r newidiadau hynny? Fy nhad mor handi gyda'r camera. Rhaid bod ganddo gannoedd ar gannoedd o luniau ohoni ond ei bod hi'n amhosib i mi…

Nid fy mai i, ceisiais esbonio hynny wrtho. Nid fy mai i.

Ond fiw i mi geisio cofio'r lluniau; maen nhw wedi hen fynd, fel hi. Hyd yn oed petai gen i'r holl luniau yn y byd 'swn i byth eto'n teimlo'r stwnsh llugoer yn glanio ar fy wyneb yn swmp, a'i chlywed hithau'n chwerthin tu ôl i'w llwy.

Lle mae Gwydion, tybed? Mae rhywbeth yn dweud wrtha i na ddaw e ata i heno.

Ac na ddaw e'r un noson arall, mewn gwirionedd, a'r golau yn ei ffenest hi'n arwydd iddi ei hawlio'n ôl. Mae llais bach dan 'y nghroen i'n sibrwd mai dyma yw dechrau'r diwedd. Dyna'r broblem heddiw. Mae'r byd wedi gwirioni; ar ddiwedd, ar derfyn, ar ddarfod, ar gwpla, ar ddibennu, ar gau pen y mwdwl, dod i ben y gyrnen, hyd nes nad oes dim amdani ond rhoi'r galon yn y to ac anghofio'r cyfan am yr oriau cain, cynnes a aeth i mewn i greadigaeth y mwdwl yn y lle cyntaf. Does neb yn barod i gofio'r dechrau. Medraf i gofio bob eiliad ohono. Ro'n i wrthi'n cyfri'r sêr yn ddi-hid trwy'r ffenest. Ro'n i'n gwybod bod rhywbeth ar fin digwydd am fod y blodau'n siglo'u pennau, er bod yr awyr ei hun yn berffaith lonydd. Roedd pethau'n groes i natur. A dyma glywed cerddediad araf, ond sicr, yn llithro i lawr y coridor. Yna, petruso. Roedd yr eiliad betrusgar honno'n ddigon o amser i mi gamu tuag at y drws a gosod fy nghledrau ar y pren. Teimlo curiad: un, dau, tri. Agorwyd y drws. Gwyddwn yn syth pam y'i danfonwyd ataf, er mwyn gwneud iawn am bethau.

Efallai nad oedd gynnon ni'r un gair i'w gynnig i'n gilydd, ond doedd hynny erioed yn bwysig. Wedi'r cyfan, nid ar eiriau mae un yn cynllwynio, ond trwy edrych yn ddwfn i'r cysgodion, ffeindio'r bylchau, y gofod a'r distawrwydd. Gosododd ei gledrau ar fy mochau a theimlo'r gwres. Caeodd y drws ar ei fywyd, ei foesau a rhoddodd ei hun i mi, ynof i, a gwasgaru pob modfedd o gariad ar draws fy nghorff. Er na theimlwn fawr o ddim byd pan wnâi hynny, ro'n i'n hapus, yn gwybod bod gen i gyfle, y tro hwn, i wneud pethau'n iawn. Yn gwbl barod. Yn gwybod pryd i wneud, yn gwybod yn union beth sydd ei angen arnaf er mwyn fy ngwneud yn gyflawn unwaith yn rhagor.

Nawr, ac yntau'n eistedd yn ei golau hi, yn bwyta'i bwyd hi, wedi'i fygu gan ei geiriau hi, mae'n dechrau meddwl am ei gadael. Am na all e weld mai dyna lle mae ein dechrau ni i gyd: yn y diwedd. Dydy blodyn ddim yn marw'n syth. Na, fe ddaw cyfnod araf o wywo yn y golau, yn feddal, feddal i ddechrau, cyn crychu, cyn caledu.

Nid arwydd o gariad ydyn nhw, nid arwydd o'r cysylltiad coch rhyngon ni, nid arwydd i ddweud, rwyt ti'n rhan ohono i ac fe fyddi di byth bythoedd, ond darlun chwerw: darlun sy'n dweud, fedra i ddim ymddiried yn y blodau hyn mwy nag y gallwn i ymddiried ynot ti.

Aeth â blodau i'w wraig. Dyw hynny ddim yn fy

mrifo. Yr hyn sy'n fy mrifo yw'r blodau eu hunain, yr atgof o'r pethau sy'n darfod yn sydyn: bywyd plentyn, cariad rhwng gŵr a gwraig, geiryn yn yr awyr.

Ond gan fy atgoffa'n sydyn hefyd o ba mor ddi-hid oedd ein byd, hi a fi, un–dau–tri, a'r chwerthin llond y tŷ.

RHAN IV

FFLAT 3

GWYDION

Doedd dim posibl rhesymu â hi. Er ei fod e'n ceisio'i orau i esbonio pethau, i drafod, ac i leddfu ychydig ar y boen, doedd hi ddim yn gwrando. Fedrai hi ddim hyd yn oed aros yn llonydd. O'r eiliad y dywedodd y geiriau "mae gen i rywbeth i'w ddweud" dechreuodd hi ddawnsio, yn ysgafn i ddechrau, ac yna'n lloerig, yn chwyrlïo o gwmpas yr ystafell fel pili pala a'i hadenydd ar dân. Ond gwyddai Gwydion ei fod e'n rhannol gyfrifol am yr ymateb hwnnw. Roedd e wedi ceisio mynegi'r ffeithiau confensiynol, cyffredin ei fod yn caru'i wraig, a bod ganddo gyfrifoldeb tuag at ei deulu na fedrai mo'i anwybyddu, ond nid oedd cyffredinedd na chonfensiwn yn perthyn i'r eiliad. Yn hytrach, dywedodd wrthi: *mae gen i nwydau achlysurol na fedra i eu diwallu hebddot ti. Gyda'n gilydd, ry'n ni'n anifeiliaid. Yn gyntefig. Yn amrwd.* Gan olygu: *i mi, dwyt ti'n ddim byd mwy nag anifail, ac mi rydw innau'n well nag anifail, am fod gen i gydwybod.* Dim rhyfedd felly, nad oedd hi'n barod i wrando. Oedodd am rai eiliadau. Yna, aeth at y ffenest.

Wrth syllu allan ar y ddinas, ceisiodd drefnu'r meddyliau yn ei ben. Oedd e wir yn dweud na fyddai'n cysgu gyda hi eto? Oedd e wir yn credu petai e'n ei gweld hi'n cerdded i mewn i'r adeilad, law yn llaw gyda rhyw ddyn arall, na fyddai ei waed yn ceulo mewn cenfigen?

Dyna'r broblem. Ni wyddai. Ond eto, roedd rhywbeth mwy na rhyw ynghlwm wrth hyn. Roedd 'na *angen*. Yr angen hwnnw a wnaeth iddo gydio yn ei breichiau gwyllt a dweud wrthi, *does dim byd yn bendant eto. Gad i ni drafod.*

HI

Dyna ni. Dywedes i. Dywedes y byddai e'n dod yma i orffen pethau, i ddatgan y diwedd, a dyna mae e'n wneud. Yn dweud pethau disynnwyr wrthyf, yn y gobaith na fyddwn i'n sylwi mai'r hyn mae e'n ei ddweud go iawn yw ei fod e'n fy ngwrthod i. Nid am ei fod eisiau gwneud, medde fe, ond am fod yn *rhaid* iddo wneud. Mae'n gas gen i'r *rhaid* hwnnw. Ond mae'n debyg mai'r un *rhaid* a'i denodd e i'r fan hon. Felly, fel arfer, rydw i'n dawnsio. Dawnsio i anghofio ei fod e yma, dawnsio er mwyn drysu'r geiriau, dawnsio i gynhyrfu'r truan yn y fflat oddi tano, a dawnsio a dawnsio er mwyn peidio â gwylltio.

Damia ti, Gwydion.

Dyn gwan. Yno wrth y ffenest, yn syllu allan ar y ddinas, heb ei deall. Dyn gwan a oedd yn hawdd ei gymryd, am 'mod i'n gwybod y triciau i gyd. Ro'n i wedi amseru'r cyfan mor berffaith, wedi dyfalu mor ddwys, wedi gwau diwedd y stori cyn ei dechrau. Gan wybod ei fod e'n fath arbennig o ddyn – neu'n fath cyffredin, dylwn i ddweud.

Doedd dim rhaid i mi fod yn iawn, nag oedd, Gwydion? Doedd dim rhaid i ti syrthio, mor swp o sâl, wrth fy nhraed. Doedd dim rhaid i ti ochneidio mor chwerthinllyd o uchel wrth i mi daenu dim byd mwy nag anadl ar hyd dy wyneb. Mae arna i eisiau dal drych i'w wyneb. Dweud wrtho am edrych. Am weld y crychau bychain 'na sy'n dechrau ffurfio o gwmpas ei lygaid, yr euogrwydd sy'n dechrau troi'n stêl yn ei lygaid. Ond does gen i mo'r geiriau. Yn hytrach, dwi'n cydio yn y pethau bychain hynny sy'n ei symbylu. Un wrth un, dwi'n eu taflu trwy'r ffenest, allan i'r noson ifanc, sy'n methu'n lân a'u cynnal. Y grib werdd a dorrodd unwaith wrth iddo gamu arni. Y tei afiach frown a adawodd ar ei ôl rhyw noson, gan gredu y buaswn innau'n ymdrybaeddu yn ei arogl, yn hytrach na'i gadael ynghrog ar y dresel, y nodyn bach pitw a adawodd ar y gobennydd, nad ydw i erioed wedi ei ddarllen. Damia ti, Gwydion, damia ti. Paid â 'ngwasgu i fel 'na, Gwydion. Gad lonydd i mi!

Fe fyddwn wedi gweiddi hynny'n llawen, hefyd, yn hytrach na gadael i'r ebychnod chwyddo ynof, ond am y ffaith 'mod i ei angen heno, yn fwy nag erioed. Mae'r lloer wedi dechrau tician drachefn, a gwn, os na wneith e'r hyn dwi am iddo'i wneud heno, bydd hi'n rhy hwyr. Mae'r rhifau, un wrth un, yn dechrau syrthio i gysgu, a 'mond un rhif bach sydd ar ôl i mi nawr. Un rhif bach truenus.

Paid â 'nghyffwrdd i, Gwydion, paid â 'nghyffwrdd i. Ond eto mae'n rhaid iddo fy nghyffwrdd, mae'n rhaid i mi adael iddo wneud. Dos amdani, Gwydion, dos amdani. Wna i ddim ateb dy gwestiynau ynfyd di, na lleddfu dy gydwybod di. Ond mi wna i orwedd oddi tano, yn ufudd i ti, neu ystumio uwch dy ben di fel rhyw greadur gwyllt, fel leici di. Heb i ti wybod mai fi sy'n rheoli'r cyfan. Fi piau'r diwedd, a fydd 'na ddim stori arall heno.

Rwy'n gwylio'i geg yn symud. Ceg mor rhyfedd

sydd ganddo, wedi meddwl. Pob rhinwedd wedi'i chwyddo ychydig yn ormod. Y gwefusau rhyw fymryn yn rhy llawn, un llygad fodfedd yn rhy las, ambell ddant mor agos at fod yn ddiddorol, ond yr onglau'n cerfio i'r cyfeiriadau iawn ar y funud olaf. Daw'r sylweddoliad sydyn mai o bell y bûm i'n gweld Gwydion erioed. Yn cerdded trwy'r cysgodion yn chwilio amdanaf, yn cerdded tuag at yr adeilad a'r camera'n drwm ar ei frest, yn syllu arnaf wrth droi ei ben yn y gwyll, a chau'r drws.

Mor bell. Ond nawr mae e'n agos, agos a fedra i ddim godde'r peth. Heblaw am yr un cynllwyn sydd eto i'w wireddu, fe fyddwn yn ei wthio allan trwy'r drws gan gicio'i esgidiau'n gawod o esgusodion lledr yr holl ffordd i lawr y grisiau, *bang, clatsh, bad-wm*.

Ond fedra i ddim. Mae gwaith i'w wneud. Y rhifau melltigedig 'na.

Gad fynd, Gwydion, gad fynd. Dal fi'n dynn, Gwydion, dal fi'n dynn.

Y rhifau. Mae'n rhaid i mi beidio anghofio am y rhifau.

GWYDION

Wedi iddi eistedd, ceisiodd Gwydion ailgylchu ei eiriau, a'u gosod mewn trefn ychydig yn fwy derbyniol. Ond cyn iddo allu dweud hynny, sylwodd yn fanylach ar y ddawns. Doedd hi ddim yn ddigyfeiriad wedi'r cyfan. Bob tro yr âi hi'n agos at y ffenest, roedd hi'n troi ei chefn ac yn ymestyn ei breichiau. I ddechrau, roedd e'n meddwl bod hynny'n rhan o'i hystumiau echreiddig, ac yna sylwodd, wrth i'r ystafell ddechrau colli ei siâp, mai'r hyn roedd hi'n wneud oedd taflu pethau trwy'r ffenest. Ac nid unrhyw beth. Ond ei eiddo fe, ei ddillad e, unrhyw arwydd ohono oedd yn yr ystafell. Rhedodd tuag ati a gafael yn dynn yn ei breichiau. Gwingodd hithau'n wyllt fel pysgodyn ar fachyn.

Wrth deimlo'i chorff yn aflonyddu yn ei freichiau, roedd e'n hollol ymwybodol, am y tro cyntaf ers cychwyn y berthynas, o ba mor gymhleth oedd y cyfan bellach. Hyd yn oed pe gallai ddweud wrthi fod y cyfan ar ben, hyd yn oed pe derbyniai hithau hynny (y fath ddifaterwch yn y llygaid gleision er gwaethaf ei phrotestiadau!) doedd dim troi nôl nawr. Sylweddolodd yn sydyn ei fod wedi dinistrio'i fywyd, yn union fel y rhagdybiodd. Sut roedd modd iddo fynd nôl i eistedd wrth fwrdd y gegin gyda Lena, rhwbio gwallt lliw-bisged Emlyn, ar ôl yr hyn a wnaethai?

Crefai'n sydyn am symlrwydd. Gallu estyn cwpan i Lena cyn iddi ddod i mewn i'r gegin, a gallu dweud yn ddifater "ti'n meddwl ei bod hi'n werth i ni brynu cwpwl o blanhigion i'r stafell molchi? Allen ni eu prynu nhw ddydd Sadwrn." A theimlo mor sydyn o sicr yn y symlrwydd gwyrdd hwnnw.

Na, Gwydion, dwrdiodd ei hun, nid ei symlrwydd e oedd hynny. Symlrwydd Lena. Cwestiwn felly fydde Lena'n ei ofyn, ynghyd â phethau fel "pa liw paent wyt ti'n meddwl bydde'n gweddu i'r lolfa?" Doedd e erioed wedi mwynhau'r symlrwydd. Dyna pam roedd yn rhaid iddo ddod yma, ati hi, at y stafell gymhleth, goch ma.

Cydiodd ynddi. Roedd hi'n crynu. Fe'i gorfododd i eistedd i lawr, a gafaelodd yn dynn amdani. Sylwodd na fedrai ei rhwystro ei hun rhag croesi'r ffin rhwng y meddyliol a'r corfforol. Roedd wedi cydio yn ei llaw wrth ddweud nad oedd yn ei charu, gosod ei law ar ei chlun wrth ddweud nad oedd erioed wedi bwriadu ei brifo, a mwytho'i gwallt wrth ddweud ei fod yn bwriadu symud o ma, dechre o'r dechre, ac unrhyw ystrydeb arall a garai ruthro o'i geg yn ddiystyr. Cyn pen awr, wedi teimlo ei ffordd heibio'r esboniadau a'r ystrydebau, roedd y ddau'n hollol noeth, a'r geiriau'n un pentwr anhrefnus wrth ochr y gwely.

HI

Mor hawdd oedd ei dynnu'n ôl. Edrychiad fan hyn, cyffyrddiad fan arall, nes i'w groen fod ar dân unwaith eto, yn groes i'w ewyllys. Ei eiriau'n fwy o gellwair nag o wirionedd. Er ei fod e'n credu ei fod e o ddifri. Ond fydd e byth o ddifri gyda mi. Mae gwifren drydan o'm cylch i, a'r wefr o groesi honno sy'n ei gynhyrfu'n fwy na dim. Ond dydy e ddim yn sylweddoli hynny. Ddaw e fyth i ddeall mai cariad tuag at rywbeth ymhell, bell tu hwnt i gnawd ac enaid ydi e. Mae'n rhaid iddo ddysgu gwerthoedd pethau, serch hynny. Rydw i'n credu'n gryf mewn canlyniadau. A dyna a wnaeth i mi wneud yr hyn wnes i. Nid malais, na chenfigen, ond synnwyr. Sut mae dinoethi dyn noeth? Ei adael heb ddim? Ac yna, yn sydyn, ro'n i'n deall yn union sut. Eiliad gymerodd e. Sylwodd e ddim fy mod wedi codi'r ffôn, deialu'r rhif, a gadael i'r derbynnydd wneud yr hyn mae e fod ei wneud: derbyn.

Ar ôl caru, mi drois i ffwrdd. Ro'n i'n gwybod yn iawn ei fod e'n mynd i geisio dweud wrtha i eto mai dyma'r tro olaf, bod yn rhaid i bethau newid. Fel petai e'n meddwl 'mod i'n blentyn, plentyn sy'n gwrthod gwrando, plentyn sydd angen clywed y gwir mewn curiadau clir, syml, drosodd a throsodd. Dyna pam y trois i ffwrdd. Ei atgoffa nad plentyn ydw i. Ei atgoffa mai corff dynes yw'r siâp noeth, perffaith sy'n gorwedd wrth ei ymyl yn y gwely, yn gwrthod ei wynebu. Fe fydd y ddelwedd honno, yn ei thro, yn ei ddenu'n ôl. Wedi'r cyfan, ni fydd ganddo ddewis ond dod yn ôl nawr. Ar ôl yr hyn rwyf i wedi'i wneud.

GWYDION

Wrth ail wisgo, sylwodd Gwydion fod ei groen ar dân eisiau mwy. Gallai ei chymryd dro ar ôl tro heb ddiflasu dim ar weld ei gwefusau meddal yn agor a chau mewn pleser. Ond am y tro cyntaf erioed hefyd, roedd ei atgofion am Lena wedi'i arswydo yn ystod y caru. Yn cofio sut roedd hi'n edrych, oddi tano, ei hwyneb yn llawn anwyldeb, y math o anwyldeb anghenus hwnnw a wnaeth iddo sylwi na fedrai fyw hebddi, heb yr edrychiad pendant hwnnw yn ei llygaid a ddywedai wrtho na fyddai hi erioed yn gallu gweld neb yn y ffordd roedd hi'n ei weld e. Wrth edrych i fyny ar yr wyneb arall, yr un roedd wedi dyheu amdano gymaint nes bradychu Lena, sylwodd nad oedd gweld yn rhan o'r caru o gwbl. Roedd hi'n ymddwyn fel pe na bai e yno. Yr eiliad wedi iddo glywed ei griddfan yn dod i ben, roedd arno eisiau dianc oddi yno. Wrth iddo godi, sylwodd eu bod wedi taro'r ffôn oddi ar ei echel. Wrth ei osod yn ôl yn ei le, sychodd ei blas chwerw oddi ar ei geg a throi ati, er mwyn dechrau'r diwedd.

FFLAT 1

ROEDD LENA wrthi'n paratoi swper pan ganodd y
ffôn. Cododd y caru boreol ryw awch newydd
ynddi am fwyd: awch na fodlonai ar y pasta-mewn-
saws confensiynol a oedd mor hawdd ei goginio,
gan grefu am rywbeth astrus, uchelgeisiol a fyddai'n
taenu holl flasau a phersawrau'r byd dros ei synhwyrau
anghenus.

Bu wrthi trwy'r prynhawn yn creu parseli bychain o
gaws hufennog a samwn wedi'i fygu, gan osod olewydden
ddu ynghanol pob un er mwyn creu ffrwydrad annisgwyl
o chwerwder cnawdol ynghanol ei chreadigaeth. Roedd
hi'n benderfynol y byddai'r elfen annisgwyl yn gweddu'n
berffaith i'r newydd-deb a oedd i'w perthynas. Rhyw
sglein gyfrin ynghanol cymysgedd o bethau oedd mor
arferol.

Yna, ar gyfer y prif gwrs, penderfynodd goginio cyw-
iâr-wedi-'i-stwffio-â-chaws-ac-wedi'i-lapio-mewn-
bacwn. Cyffredinedd yn gymysg â gwreiddioldeb.

Ond beth am bwdin? Doedd hi erioed wedi deall
yr ysfa am bethau melys. Ond teimlai fod cyfanrwydd
yn allweddol, ac wedi hir bendroni penderfynodd ar y
crème caramel – rhywbeth digon meddal, digon llithrig,
a digon ffarsaidd yr olwg i awgrymu y gallai hi gellwair
ag e, wedi'r cyfan.

Er gwaetha'r arogleuon o'i chwmpas, sylwodd Lena
fod arogl y paent yn dal i deyrnasu. Wrthi'n ceisio cael

gwared ohono trwy chwistrellu persawr roedd hi, pan ganodd y ffôn.

Doedd yna ddim sŵn o gwbl i ddechrau. Yna, clywodd Lena sibrwd aneglur ynghyd â chwerthiniad uchel. Tybiai am ychydig eiliadau i rywun ffonio'n ddamweiniol ar ffôn symudol, fel roedd hithau wedi'i wneud ambell dro. Ond roedd yna rywbeth gwahanol am yr alwad hon. Yn gyntaf, doedd yna ddim o'r cracio arferol oedd i'w glywed ar ffôn symudol; roedd y llinell yn hollol glir. Yn ail, clywodd ddau lais, dyn a menyw, yn mwmian rhyw hanner brawddegau wrth ei gilydd yn wyllt ac yn chwythlyd. Ac yn drydydd, er gwaetha'i holl ymdrech i'w darbwyllo ei hun, gwyddai ei bod yn adnabod llais y dyn ac mai Gwydion ydoedd. Petai hi'n gosod y derbynnydd yn ôl yn ei le, roedd pob siawns y gallai achub hynawsedd diamod ei noson. Petai hi'n gwrando, roedd hi'n debygol iawn o daflu pob mymryn o'r pryd bwyd perffaith at wyneb ei gŵr.

Gwrandawodd.

Yn raddol, cyflymodd y synau a'r ebychiadau anifeilaidd, hyd nes clywodd Lena ferch yn gwichian enw Gwydion – yn araf i ddechrau, gyda'r sillafau'n dylifo fel mêl, ac yna'n gynt ac yn gynt ac yn gynt, hyd nes i Lena gredu bod y derbynnydd yn ysgwyd yn ei llaw. Yna, wrth i'r cyw iâr dasgu a'r tatws ferwi, clywodd un floedd fyddarol. Gafaelodd yn dynn yn y derbynnydd. Clywodd sŵn cyrff yn symud, rhywun yn anadlu'n ddwfn, ac yna llais Gwydion, yn isel ac yn flin, yn siarad yn frysiog, cyn i dawelwch trymaidd lenwi'i chlust unwaith eto. Yna, gosodwyd y derbynnydd yn ôl yn ei le.

Eisteddodd Lena i lawr ar y soffa. Ei greddf gyntaf oedd ceisio gwneud synnwyr o'r peth. Nid yr hyn roedd hi wedi'i glywed chwaith, ond sut y clywodd hi nhw, pam y clywodd, a hefyd, a glywodd hi nhw o gwbl mewn gwirionedd. Oedd hi'n bosib ei bod hi wedi dychmygu'r peth? Na. Os mai'r dychymyg oedd ar waith, oni fyddai Lena wedi'u *gweld* nhw, wedi profi ing gweledol yn hytrach na chlywedol? Roedd gwirionedd yn y sefyllfa, roedd hi'n sicr o hynny. A'r cyfan yr un mor real â'r dŵr berwedig oedd yn tasgu o'r sosban, ac roedd gan y ddau beth bŵer i'w niweidio.

Wedi iddi droi'r gwres i lawr o dan y sosban, ei hail reddf oedd gwybod pwy oedd hi. Ai hi oedd wrth wraidd yr alwad? Neu Gwydion hyd yn oed? Doedd bosib. Wyth mlynedd o briodas er mwyn iddo gael gorffen drwy wneud galwad ffôn? Beth yn union roedd e'n ceisio'i ddweud trwy ei orffen fel hyn? Mai Gwydion oedd Gwydion? Yr un Gwydion a oedd yn edrych ar bob dim ond byth yn gweld? Neu ai Gwydion y ffotograffydd oedd yno, yr un a ddewisai ei luniau ei hun, mor ofalus fel y gwrthododd roi llun iddi ar yr union adeg pan oedd arni hi ei angen fwyaf?

Llun. Cofiodd yn sydyn eto am y llun hwnnw o'r fenyw feichiog y daeth ar ei draws yn y fflat y bore hwnnw. Roedd hi wedi ei weld o'r blaen, wedi meddwl, ond roedd hi wedi cau'r drôr yn sydyn bryd hynny, gan gaethiwo'r llun a'i chwestiynau yn y gofod. Dyna'r llun a welodd yn ei breuddwydion. Ai Gwydion oedd wedi'i rwygo o'r hanner llun rhyfedd hwn? Roedd hi'n teimlo'n sâl. Menyw feichiog. Doedd bosib... na, wnâi e mo hynny. Rhedodd Lena'n wyllt at y drôr. Doedd y llun ddim yno. Ynddo yn ei le fe'i gwawdiwyd gan filiau ffôn, llythyron swyddogol, ac ambell frws paent amddifad. Lle'r oedd e? Methai â dal gafael ar wyneb y ferch. Cofiodd ei fod yn blaen, yn gyffredin, fel na theimlai unrhyw fygythiad oddi wrthi. Iddi beidio â phoeni, peidio ag amau. Ond nawr roedd hi'n meddwl am fol menyw arall ac yn teimlo cwlwm yn ei pherfedd yn tynhau a thynhau.

Na. Roedd hi'n adnabod Gwydion, rhaid mai hi oedd yn mynd o'i cho'. Y waliau'n cau amdani, o'r diwedd.

Ond doedd hi ddim yn ei hadnabod *hi*.

Nac eisiau ei hadnabod hi.

Ond roedd hi eisiau ei gweld hi.

Fel roedd e'n ei gweld hi.

Digon i ddeall pam.

A digon i allu gofyn y cwestiwn pam,

ac i gasáu,

ac i gasáu,

ac i gasáu.

Am ryw reswm, aeth ati i gwblhau'r pryd bwyd fel petai dim wedi digwydd. Gadawodd i'r holl ynni du lithro tu ôl i'w hymennydd yn rhywle, hyd nes y daeth o hyd i'r nerth i wenu'n wan wrth goginio. Yna, paratôdd bryd o fwyd i'w mab – ei ffefryn, tatws potsh gyda winwns coch a saws afal. Yna, wedi iddo orffen ei bryd o fwyd, aeth ag ef i'r bath, ac yna 'i anfon i'r gwely.

"Ond fi'n moyn aros i Dad ddod nôl."

"Bydd e'n hwyr heno, bach, gei di weld e fory."

"Ond sa i 'di blino 'to."

"Byddi di wedi os na wnei di gau dy lyged."

"Plîs ga i aros i Dad ddod adre?"

"Na, Emlyn. Nawr cer i gysgu."

Trodd oddi wrthi'n bwdlyd. Ceisiodd roi cusan iddo

ar ei foch, ond symudodd oddi wrthi.

Yna, clywodd sŵn y clo yn y drws, sain yr un mor sinistr â ffôn yn canu.

FFLAT 2

DEFFRODD Cain Lewis y bore hwnnw i weld plentyn yn eistedd wrth ymyl y gwely. Doedd hynny ddim yn rhyfeddod mawr iddo. Trwy'r nos roedd wedi breuddwydio am fabanod, ysgolion meithrin, bygis dwbl, cewynnau brwnt, a Julie. Cyfuniad delweddol hyfryd. Cafodd hefyd freuddwyd ei fod wedi gwisgo ffrog beichiogrwydd i'r gwaith a chael, am y tro cyntaf, sylw corfforol (o'r math hollol anghywir) oddi wrth Mandi, Andi a Trixie. Felly doedd y ffaith bod plentyn wrth ymyl ei wely ddim yn syndod iddo o gwbl. A dweud y gwir, doedd y ffaith ddim yn ei synnu am nad oedd e'n ei hystyried yn *ffaith* o gwbl. Caeodd ei lygaid, ac aeth yn ôl i gysgu. Roedd hi'n ddydd Sadwrn, wedi'r cyfan.

Pan agorodd ei lygaid am yr eildro a gweld plentyn yn dal yno, roedd hi'n stori wahanol. Gwyddai fod yna bosibilrwydd ei fod yn breuddwydio o hyd, ond roedd yna deimlad rhy real yn ei symudiadau ar hyd y gwely, rhyw oerfel newydd yn y cynfas a ddynodai fod y dydd yn brathu ei figyrnau. Eto i gyd, os oedd y dydd hwnnw'n mynd i gynnwys plentyn dieithr, a diwrnod cyfan o boeni a chwilio a drysu, yna roedd yn well ganddo ddiosg yr heddiw hwnnw nawr. Caeodd ei lygaid eto.

Â'i lygaid ar gau, teimlai ryw ergyd ysgafn ar ei gorun. Roedd e'n weddol sicr ei fod yn cael ei daro ar ei ben gan wrthrych ysgafn, a hynny gan blentyn wrth ochr y gwely. Pe na bai'n cydnabod y ffaith honno, roedd hi'n bosib y byddai'n rhaid iddo aros yn y safle hwnnw am rai diwrnodau, cyn y byddai ei absenoldeb yn y gwaith yn tynnu sylw, ac yn gwneud yn siŵr y deuai rhywun i chwilio amdano ac, yn sgil hynny, mynd â'r plentyn oddi yno.

Cododd yn sydyn o'r gwely a gwisgo cot nos. Roedd wedi gobeithio y byddai'r plentyn wedi diflannu cyn troi ei gefn, ond dyna lle'r oedd e o hyd, bachgen bach (doedd ganddo ddim syniad pa oedran chwaith) yn syllu arno yn ei drowsus coch, crys-T melyn, ac esgidiau glas. Y peth cyntaf a'i trawodd oedd ei fod yn gwneud i'r ystafell edrych yn anniben. Doedd y lliwiau ddim yn gweddu, ac roedd ei adlewyrchiad yn disgleirio'n ôl yn wawdlyd oddi ar bob arwyneb sgleiniog, clinigol gwyn. Teimlai fel taflu lliain wen drosto er mwyn ceisio adennill rhywfaint ar gymesuredd oer yr ystafell.

Ond gan nad oedd eto wedi siarad, roedd Cain yn ffyddiog y gallai fod yn blentyn dychmygol. Wedi'r cyfan, gan nad oedd e erioed wedi ystyried y profiad o fod yn dad, roedd hi'n ddigon posibl y gallai newyddion Julie fod wedi effeithio ar ei ymennydd, yn waeth na'r disgwyl o bosib. *Pre-natal dementia.* Oedd y fath beth yn bod? Byddai'n rhaid iddo edrych yn y Gwyddoniadur yn nes mlaen.

Cliriodd ei wddf. Doedd e ddim yn siŵr iawn sut i ymdopi â hyn. Fyddai dim byd yn y Gwyddoniadur ynghylch dileu plant dychmygol.

"Dwi'n gwbod beth rwyt ti," meddai'n sydyn wrth y plentyn, fel petai'n disgwyl i'r geiriau hynny ysgogi rhyw weddnewidiad syfrdanol. Meddyliai pe bai'n cydnabod ei fod e'n mynd o'i go', yna byddai'r darlun yn dechrau pylu.

"Does gen ti ddim pŵer drosta i." Dyfyniad, a

chyfieithiad uniongyrchol llinell o ryw ffilm arswyd erchyll a welsai'r noson cynt. Syllodd y plentyn yn ôl, heb ddweud gair.

"Ti'n byw yn yr adeilad ma?" gofynnodd.

Petrusodd y plentyn. Roedd hi'n amlwg nad oedd e'n hoffi'r cwestiwn. Eto i gyd, roedd yna rywbeth yn y cwestiwn a wnaeth i Cain betruso. Oedd e wedi clywed rhywbeth yn gynnar y bore hwnnw? Gweiddi, o bosib?

"Wyt ti wedi bod yma trwy'r nos?"

Syllodd y plentyn yn ôl, heb ddweud yr un gair. Yn sydyn, trawyd Cain gan yr atgof o ddeffro'n sydyn a chlywed y drws yn agor. Yn ei flinder, rhaid ei fod wedi diystyru hyn a mynd yn ôl i gysgu. Diolchodd mai plentyn bach, ac nid haid o ddynion mawr mewn balaclafas, oedd yn eistedd wrth ei wely.

"Ble mae dy rieni di?"

Edrychodd y plentyn i ffwrdd. Lle'r oedd Julie pan oedd arno ei hangen hi? Fe fyddai honno wedi llwyddo i olrhain hanes teulu'r bachgen dros dri chwarter canrif erbyn hyn.

"Wy'n bord. Ti ishe chwarae gêm?" Cydiodd yn ysgafn yn llaw Cain.

"Sa i'n un da am chwarae gemau," atebodd, ac roedd hynny'n hollol wir.

"Plîs?"

"Na, well i ti fynd adre. Wyt ti'n byw lawr llawr?"

"'Na i ddweud lle dwi'n byw os nei di chware gêm gyda fi."

"Wyt ti'n ddigon hen i 'whare gemau, gwed?"

"'Wy'n wyth oed!"

"Ocê te." Ildiodd Cain yn llwyr. Roedd hi'n rhy

gynnar i brotestio yn erbyn unrhyw beth neu unrhyw un, wyth oed neu beidio.

Yna, gydag amseru perffaith fel arfer, ffoniodd Julie.

— Reit Cain, fi'n gwbod falle bues i bach yn fyrbwyll neithiwr, ond fi 'di bod yn meddwl lot am bethe a fi…

— Julie, dim nawr.

— Beth?

— Dyw e ddim yn gyfleus.

— Wel myn yffach i, ddim yn gyfleus? O'n i'n ddigon cyfleus i ti neith…'

— Julie. Mae bach o broblem ma heddi…

— O, o's. Ma wastad problem 'di bod 'da ti…

— Julie… 'nei di wrando arna i am funed…

— Finne'n meddwl bydden i'n rhoi un cyfle arall i ti…

— Gwranda, 'nes i ddihuno bore ma, a wel… ma'n swno'n od, ond o'dd… rhywun ma…

— Wel, fi'n falch iawn drostoch chi'ch dau…

— Nage 'na beth wy'n meddwl… plentyn…

— O beth, ti newydd ffindo mas 'i hoedran hi wyt ti, Cain… ti'n ffiaidd…

— Nage 'na beth o'n i'n…

— Sa i'n 'llu credu hyn. 'Mond nithwr weles i ti… Be 'nest ti? Mynd yn syth mas i'r dafarn rownd y gornel a pigo lan rhyw fflŵsi fach i neud ti deimlo'n well …

— Plentyn…

— Ie, wedest ti… Alla i jyst ddim ymdopi 'da lot mwy o hyn, Cain… y ffor' ti'n 'y nhrin i… yr holl boen ma ti'n achosi i fi… Alla i jyst ddim mynd mla'n fel hyn… 'Wy'n gorfod meddwl am…

— Julie, alla i ddim siarad… 'drych, sori ond 'wy'n mynd i orfod rhoi'r ffôn lawr …

— Paid ti â meiddio…

— Ta-ta nawr! 'Na i ffonio ti nes mla'n.

— O'dd pawb yn gweud dylwn i byth fod wedi…

Gosododd y ffôn yn ôl yn ei grud. Cofiodd yn sydyn na ddylai Julie fod yn cynhyrfu yn ei chyflwr hi, a gwenodd wrth gydnabod yr arwydd cyntaf o dynerwch a deimlai tuag at ei blentyn.

Yna cofiodd am y plentyn o gig a gwaed oedd yn dal i eistedd ar ymyl ei wely. Ac roedd hwnnw'n barod gyda'i dacteg nesaf.

"Pwy yw Julie te?"

Ochneidiodd Cain. Roedd y sefyllfa'n ddigon anodd ei hesbonio i oedolyn, heb sôn am blentyn.

"Jyst rhyw fenyw. O ryw fath."

"Ti'n caru hi?"

"Ym… na, dim fel 'ny."

"Oedd hi'n grac 'da ti?"

"Oedd, ond ma 'ddi wastad yn… ma hi'n mynd i ga'l babi, tweld," atebodd, fel 'tai hynny'n sydyn yn esbonio'r cyfan.

Gwenodd y plentyn. "Wejen ti, te?"

"Ie. Wel, o'dd hi unwaith. Sbel nôl."

"Dy fabi di yw e te?"

"Wel ie… medde hi, ontefe."

"Pam dyw hi ddim yn byw 'da ti? Ma pobl sy'n cael babis 'da'i gilydd fod i fyw yn yr un tŷ."

"Sut dest ti mewn fan hyn?" gofynnodd Cain.

Pwyntiodd at y drws. "O'dd e ar agor, o'dd e?" Roedd hyn yn fwy o ymgais i gofio nag o gwestiwn go iawn. Rhaid bod y sieri wedi cael mwy o effaith nag a feddyliodd.

Roedd rhywbeth cymhleth yn llygaid y plentyn, rhywbeth roedd yn rhaid ei ddarllen sawl gwaith er mwyn ei ddatrys. Credai Cain, serch hynny, fod rhywbeth oedd wedi digwydd y bore hwnnw'n cynnig yr ateb iddo, ond ei fod yn awr yn rhy ddwfn yn ei feddwl blinedig iddo allu'i ddwyn i gof.

"Ddigwyddodd rhwbeth bore ma? Yn yr adeilad ma?"

Petrusodd y plentyn. "Ma lot o bethe'n digwydd, trw'r amser, fan hyn."

"Beth wyt ti'n 'neud yn 'yn fflat i, te? Sdim byd lot yn digwydd fan hyn. So fe'n gyffrous o gwbl."

"O'n i ishe dod mas am dro."

"O ble?"

Rhoddodd y plentyn ei ddwylo dros ei wyneb, fel petai'n taenu llun dros y cwestiwn. Penderfynodd Cain newid natur ei gwestiynau.

"Beth yw dy enw di, te? Rhaid dy fod ti'n gwbod 'ny?"

"Emlyn," meddai, o'r diwedd.

"Wel, Cain ydw i, Emlyn. Nawr, wyt ti ishe chwarae'r gêm ma neu beth?"

Doedd e erioed wedi bod yng nghwmni plentyn o'r blaen. Heblaw pan oedd e'n blentyn ei hun, wrth gwrs, a hyd yn oed bryd hynny prin oedd y rhai a ddeuai ar ei gyfyl. Gwyliodd Emlyn yn cerdded o gwmpas ei fflat yn hyderus, fel oedolyn bach, yn cyffwrdd yn hwn a'r llall ac arall, yn taro'i ddwylo yn erbyn gwrthrychau heb reswm, yn rholio ei ddychymyg ar hyd y coridorau fel cath i gythraul. Fe'i dilynodd o gwmpas heb ddweud gair, yn ymwybodol o'r cyfrifoldeb rhyfedd hwnnw a ddaeth i'w ran. Peth rhyfedd oedd rhythm plentyn: y rhedeg a'r troelli, y neidio a'r disgyn, y stampio a'r hyrddio, y gwrthryfel gonest yn erbyn y distawrwydd a'r gwacter.

Ond fe'i brawychwyd yn llwyr pan redodd Emlyn nerth ei draed bach wyth mlwydd oed tuag at y soffa, yn syth i gyfeiriad y ffenest agored tu ôl iddo. Gwelodd ei naid fel 'tai'n digwydd yn araf, araf; ei ben bach crychiog yn hedfan trwy'r awyr, ac yna'n sydyn, y trowsus coch yn fflach o drasiedi, y llenni'n gynnwrf o ddigwyddiadau blêr, a sŵn rhywbeth yn torri, yn disgyn, yn diflannu o'r byd.

Ac yna'r distawrwydd. Y dim-byd gwaethaf oll iddo brofi yn ei fywyd. Dim golwg o'r plentyn, a'r ffenest agored yn chwerthin yn wyn o wawdlyd.

Ai rhith ydoedd wedi'r cyfan? A feiddiai edrych drwy'r ffenest i herio'r ffeithiau? *Pre-paternal senility*, meddyliodd yn sydyn, rhaid mai dyna'r cyfan ydoedd. Ei fod e wedi meddylu cymaint am yr hyn a olygai i fod yn dad, nes i'r ansicrwydd fagu ymgorfforiad, a bod rhyw ellyll bach wedi ei yrru yno i'w herio, fel rhyw ffilm Nadoligaidd fformwläig. Rhoi ennyd o bleser rhyfedd iddo, cyn gwaredu'r llun yn llwyr, a gadael iddo ddychwelyd at bresennol a oedd yn dduach nag roedd o'r blaen.

Rhybudd ydoedd, mae'n rhaid. Rhybudd na ddylai ymdrechu i fod yn dad iawn, y dylai adael i Julie wneud pob dim yn ei ffordd fach ddihafal ei hun. Rhybudd petai'n cael diwrnod ar ei ben ei hun gyda'i blentyn, na fyddai hi'n hir cyn y byddai wedi taflu ei ddyfodol, ei sicrwydd, ei blentyn ei hun, drwy'r ffenest, fel afal sy'n dechrau pydru.

Camodd yn nes, ac yn nes, at y ffenest, a phlygu'n araf dros y soffa er mwyn wynebu gwirionedd y tarmac glas islaw.

"Bw!" gwaeddodd Emlyn, a'i chwarddiad y tu ôl i'r soffa'n swnio fel y sŵn brafia a glywsai Cain erioed.

Fe fu e unwaith yn Emlyn, sylweddolodd Cain, wrth wylio'r bachgen yn taflu'r clustogau gwynion dros bob man, ac fe fyddai Emlyn ryw ddiwrnod yn tyfu i fod yn rhyw fersiwn ohono fe, yn eistedd yn llonydd gan sipian coffi du, a phoeni am y damweiniau a fedrai ddigwydd o fewn awyrgylch o'r fath. Fe deimlai hynny weithiau wrth edrych ar ei fam. Fe fu hi'n fenyw ifanc, brydferth – roedd e'n gwybod hynny, gan iddo weld lluniau ohoni – ac fe fyddai hi'n hen fenyw fusgrell, a'r lluniau hynny eisoes yn fflachio'n achlysurol ar sgrin annymunol ei gydwybod. Fe fyddai'r babi, a oedd ar fin gwasgu ei ben i'r byd rhwng coesau cyhyrog Julie, ac a fyddai'n cysgodi rhag yr haul yn y pram ffasiynol diweddaraf, fe fyddai hwnnw – honno? – hefyd yn dychwelyd rhyw ddydd i gyflwr mudan, disymud, heb air synhwyrol i'w gynnig i neb. Rydyn ni oll yn cwmpasu pob un cyfnod a ddaw, yn ei gario ynon ni o dan ein crwyn trwy'r adeg, sylweddolodd Cain, gan deimlo'i fynwes yn tynhau. Roedd byw, bod, yn gyflwr erchyll, meddyliodd, ac roedd hi'n anodd deall pam mai ofni marw oedd y rhelyw o bobl. Roedd ei dad wedi ofni marw. Dywedodd ei fam hynny wrtho droeon. Roedd e'n cael ei fwyta'n fyw gan y cyflwr arferol, y dolur dyddiol, ei elyn tywyll, â'i ddannedd mawr.

Nid ofn a laddodd ei dad chwaith ond, yn hytrach,

bwriadau da dwy fenyw mewn oferôls melyn. Ond doedd e ddim eisiau meddwl am hynny.

Pan ddaeth y gnoc ar y drws roedd Emlyn yn cuddio yn y cwpwrdd ac yntau'n esgus na wyddai hynny. Roedd rhyw ddealltwriaeth di-eiriau rhwng y ddau na ddylai'r ffeithiau go iawn ymyrryd â'r sefyllfa am o leiaf awr arall. Pan ddaeth y gnoc, torrwyd ar gydbwysedd hyfryd y cytundeb hwnnw.

Yn y drws safai menyw fechan gyda gwallt enfawr, du.

"O helô…" Roedd ei llais yn ddagreuol i ddechrau ac yna'n deyrngar, "sori i'ch trafferthu chi, ond ydych chi wedi gweld bachgen ba– "

Dyna pryd camodd Emlyn allan o'r cwpwrdd – "Mam!" – a throdd y byd ar ei ben.

Mewn un eiliad, trodd llygaid y fenyw ddieithr yn lloerig. Rhedodd heibio iddo, a gafael yn Emlyn.

Yna, gosododd Emlyn tu allan i'r drws, a daeth yn ôl am yr ail rownd. Yn gyntaf, poerodd yn ei wyneb wrth ebychu'r geiriau "mochyn" a "diawl" – geiriau na ddaeth Cain ar eu traws ers y dydd ar ôl ei briodas. Yna, trosglwyddodd y fenyw ei dicter i'w dyrnau. Gan ei fod yn gwisgo cot nos a sliperi, roedd e'n darged hawdd. A dweud y gwir, hyd yn oed petai mewn arfwisg lawn byddai Cain Lewis wedi bod yn darged hawdd. Fe'i trawyd unwaith yn ei foch, ac unwaith yn ei geilliau – digon i wasgu pob mymryn o anadl allan ohono a'i adael yn glynu wrth ddolen y drws yn udo fel morlo. Yn yr eiliadau cyn iddo lewygu, clywodd ddau beth: sŵn plentyn yn igian crio a sŵn ei lais yn dwrdio'i hun am agor ei lygaid y bore hwnnw.

RHAN V

FFLAT 2

AGORODD CAIN ei lygaid. Roedd ei foch chwith yn oer yn erbyn y llawr marmor. Dwi 'di marw, meddyliodd yn sydyn, ac yna'n waeth, dwi 'di cael strôc. Rhywle yn y pellter roedd 'na ffôn yn canu, ond doedd e ddim yn siŵr lle'r oedd ei freichiau, oedden nhw'n dal i fod yno? Roedd ei gorff yn chwithig ac yn drwm, a'i lygaid yn methu'n lân â ffocysu ar y delweddau o'i flaen, y du a'r gwyn yn ddyfrlliw llwyd. Ei lygaid! *Retinoblastoma*, meddyliodd. *See also Cancer*, adleisiodd y Gwyddoniadur. Cododd ei ben ryw fymryn, a cheisio nofio'n araf ac yn boenus tuag at y ffôn. Dwi'n mynd i farw ar 'y mhen 'yn hunan, meddyliodd, yn union fel ro'n i'n meddwl. O leia roedd gan 'y nhad gwmni. Y ffôn yn canu a chanu, a'i law yn codi'n araf, araf tuag ato, 'mond i daro'r ffôn yn drwsgl oddi ar ei echel, ymhell o'i gyrraedd. Saethodd rhyw boen sydyn trwy ochr dde ei wyneb. *Trigeminal Neuralgia*, oedd ei feddylfryd ola cyn i'r byd dduo drachefn.

Deffrodd eto. Roedd ar ei gefn erbyn hyn, yn syllu ar y nenfwd, ar ddarn o blastr rhydd oedd ar fin syrthio. Roedd y llawr uwchben yn dirgrynu – honno'n dawnsio eto. Gwenodd wrth sylweddoli ei fod e'n ei chofio, fod ganddo afael o hyd ar y byd bach o'i gwmpas. Petai ganddo nerth, fe fuasai wedi gweiddi arni, fe fyddai gweld ei hwyneb wedi bod yn gysur rhyfedd iddo'r foment honno. Ond yna gwgodd, wrth i'r bwlch yn ei gof lenwi'n ddisymwth. Roedd wedi anghofio un manylyn bychan – roedd hi'n ei gasáu – wedi rhythu arno trwy'r ffenest byth oddi ar y diwrnod hwnnw y taflodd ei hesgid i'r gwynt. Rhyddhaodd y plastr ei hun a glanio'n glep ar y llygad chwith.

Pan ddaeth Cain ato'i hun, roedd yn argyhoeddedig ei fod newydd brofi un o freuddwydion mwyaf annifyr ei fywyd – neu'n waeth, cyfres o rithwelediagaethau a brofai ei fod yn wirioneddol sâl wedi'r cyfan. Y plentyn, y fam wyllt? Roedd e'n gwbl sicr erbyn hyn bod y cyfan yn ffug. Yn symptomau. Er bod y boen yn ei esgyrn yn gwbl real, doedd hynny'n profi dim iddo. *Conversion disorder: conversion of inner psychological conflicts into physical symptoms.* Gwnaeth benderfyniad na fyddai'n gadael i'r un digwyddiad bellach ei synnu, dim hyd yn oed petai haid o jiráffs arfog yn gorymdeithio trwy'r fflat yn canu'r anthem genedlaethol mewn pedwar llais. Fe fyddai'n profi pob dim heb brotestio; a hynny gan ei gysuro'i hun y byddai'n deffro unrhyw eiliad mewn gwely glân, di-rith, hyd yn oed pe bai hynny mewn ysbyty meddwl.

Gosododd y ffôn yn ôl ar ei echel. Dechreuodd ganu'n syth bin. Roedd y sŵn yn anghyfarwydd iddo bellach. *Baaarring – baaarrring. Baaarring-baaarring.* Popeth mor uchel, a'i lais yntau'n rhyfedd o anghyfarwydd wrth sglefrio i ganol y tawelwch.

— Helô?

— O Cain... ble ti 'di bod? O'n i jyst ar 'y mhen 'yn hunan yn y tŷ ac fe dymles i rwbeth, a meddyles i, 'O mai god! Ma'r babi'n dod!' a bod rhaid i fi roi genedigaeth iddo fe yn y fflat ma ar ben 'yn hunan bach heb neb i helpu...

— Julie, ti sy 'na?

— Blydi hel, Cain, faint o fenywod eraill ti'n nabod sy'n disgwyl dy fabi di?

— Babi...

— O'n i'n meddwl bod e'n dod nawr...

— Dod nawr...

Ei eiriau'n chwyrlïo trwy dwnnel ei geg, yn rhuo tuag at olau gwyn ei ddannedd.

— Nei di stopo ailadrodd popeth 'wy'n weud. Beth ddiawl sy'n bod arnot ti?

— Odi'r babi'n dod nawr?

— Na, na Cain. Dyw e ddim yn dod. 'Mond chwe mis odw i, Cain, er mwyn Duw – so't ti byth yn grondo?

— Ond...

— Gweud o'n i, o'n i'n *meddwl* i fod e'n dod. Yr hormons 'na i gyd, yn neud pethe od i berson. Sa't ti ddim syniad be 'wy'n gorfod ymdopi ag e...

— 'Wy'n deall...

— O'n i wir yn meddwl 'i fod e'n dod.

— Ond dyw e ddim.

— Wel na'di, dim nawr.

— Wel 'na ni te. Popeth yn iawn.

— Ie, wel jyst achos bod e ddim wedi popo mas nawr dyw e ddim yn meddwl na all e neud o fewn yr awr nesa, neu'r wythnos nesa.

Dim ond y dechrau oedd hyn. Fe fyddai misoedd ar fisoedd o alwadau ffôn, degau o brydau bwyd anghysurus, sawl un edrychiad sur ac o leiaf saith ar hugain o arsylwadau miniog cyn y deuai'r cyfan i ben. Ac un llais annioddefol yn hogi'r llafariad. A beth wedyn? Ddeuai'r cyfan byth i ben – roedd Julie'n arfog am flynyddoedd i ddod. Gan edrych ymlaen, heb os, at naddu'r euogrwydd yn y nosweithiau rhieni, bownsio'r bai fel pêl rhwng plentyn a'i dad, barnu'r diffyg maeth yn y prydau nad oedd eto wedi'u coginio, gwawdio'i ymdrechion gonest i fynd i'r afael â geirfa newydd, ddeinamig, a chwerthin yn uchel, yn gyhoeddus, ar ei ymgais wag i guddio'i aneffeithiolrwydd fel rhiant trwy wisgo cot law ddrud ar bob achlysur.

Ceisiodd rhyddhau'r sgrech o'i grombil. Ond gwyddai fod ei lais yn rhy ddwfn i ganiatáu hynny. O ganlyniad, felly, roedd hi'n gorfforol amhosib iddo deimlo'n well. Meddyliodd am sgrechfeydd Mandi, Andi a Trixie, gan deimlo'n hynod aneffeithiol. O, am gael rhyddhau rhag dryswch yr oriau diwethaf mewn gwich berffaith!

— Ble wyt ti 'di bod Cain?

— Pryd?

— Jyst nawr, y ddwy awr ddwetha ma. Fi 'di bod yn ffonio'r fflat… ti 'di rhoi'r ffôn off yr hook?

— O'n i'n cysgu.

— Cysgu? Eto? *Carpe diem* Cain. O'n i'n meddwl byddet ti o bawb yn…

— "Canu cyn borefwyd, crio cyn swper."

— Gwed ti.

Cynhyrfodd Julie'n sydyn. On'd oedd hi'n rhan o'r rhithweledigaeth? *Ti 'di rhoi'r ffôn off yr hook?* Gallai hithau gadarnhau'r cyfan. Cadarnhau ei fod e'n wallgof, ei fod e'n dechrau colli gafael ar bethau, ac y byddai'n rhaid iddi ei ddiystyru fel tad addas i'w phlentyn. Cadarnhau na fyddai'n rhaid iddo fynd i'r gwaith byth eto, dim ond aros mewn stafell berffaith, wen, nes deuai'r cancr i'w hawlio.

—'Nes ti ddim… 'nes ti ddim ffonio gynne, do fe?

— Beth sy'n bod arnot ti heddi?

— Ateb y cwestiwn, 'nei di! 'Nes ti ffonio fi gynne? Ti ddim yn colli arian os 'nei di roi ateb anghywir.

— Sa i'n gwerthfawrogi'r tôn 'na'n dy lais di, Cain…

— Sori.

— Ti ddim yn sori; paid hyd yn oed esgus bo ti'n sori…

— Na, fi ddim yn sori, ti'n iawn… sori.

— Pwy oedd hi te, Cain?

— Pwy?

— Dy gariad newydd di?

Unwaith eto, roedd ei fyd yn gwlwm o gymhlethdod.

— 'Wy ar goll nawr.

— Y ferch ma… y *plentyn* ma fel o't ti'n 'i galw hi.

Y cwlwm yn llacio. Y plentyn. Emlyn. Trywsus bach coch yn diflannu tu ôl i'r soffa. Neu ai rhai glas oedden nhw? Glas fel llygaid y fam, a'r rheiny'n troi'n ddu.

— Aw! Y boen 'na 'to, Cain…

— Drych Julie, dim nawr.

— Ti'm yn poeni bod y babi'n dod?

— Dyw'r babi ddim yn dod, Julie.

— Beth 'nei di pan ddeith e?

— Yfed te.

— Beth?

— Ie, yfed dished o de, rhoi 'nhraed lan, a meddwl pa mor lwcus wyt ti dy fod ti'n gallu sgrechen.

Doedd dim angen iddo roi'r ffôn i lawr, roedd hi eisoes wedi diflannu i'r gofod. Wedi'r alwad, aeth at y drych ac agor ei got nos. Fel y dyfalodd, roedd clais porffor yn datblygu'n raddol islaw ei aren dde, yn yr union fan lle trawyd e gan y fam. Eisteddodd i lawr a cheisio rhoi trefn ar ei atgofion. Roedd y pethau canlynol wedi digwydd: roedd wedi deffro, roedd wedi siarad â phlentyn, ac wedi cael ei daro gan fam wyllt. Dyna'r ffeithiau. Pa un ddigwyddodd gyntaf, ac ym mha drefn daeth y geiriau o'i enau wrth gyfathrebu â'r fam – doedd e ddim yn siŵr. Wnaeth e rywbeth i'w chythruddo hi? Doedd bosib ei bod hi'n meddwl... neu efallai ei bod hi'n gwbl bosib iddi feddwl y gwaethaf, y butraf, y duaf amdano, er nad oedd y dimensiynau hynny'n bod.

Ond roedd 'na fwy na hynny hefyd. Roedd rhyw reswm dros iddo lewygu. Rhyw ofn cynhenid wedi cydio ynddo – roedd rhywbeth wedi *digwydd*. Roedd ganddo ddigon o reolaeth dros ei gorff ei hun i wneud i'r düwch gydio ynddo, i'r dyfroedd tywyll lenwi ei lygaid, i'w ymennydd gau'n llwyr am ychydig funudau. Roedd wedi gwneud hynny droeon yn ei blentyndod, ac er nad oedd pethau'n ei ddychryn gyda'r un math o ddwysedd bellach, roedd 'na adegau...

Mater o amser oedd hi cyn iddo gofio'r hyn roedd yn ceisio'i orau i'w anghofio. Canodd y ffôn drachefn. Bydde rhywun yn meddwl 'mod i'n ddyn poblogaidd, meddyliodd Cain yn sydyn wedyn.

— Helô, Mam.

— Shwt o't ti'n gwbod mai fi fydde...

— Sa'i 'mod... jyst rhyw dymlad...

— Ie, ni'n dou wastad wedi bod yn agos fel 'na on'dofe? Ti 'di siarad 'da Julie?

— Sa'i 'di neud dim byd *ond* siarad 'da hi, Mam...

— Wel gwed 'tha i beth sy'n digwydd nawr te...

— Beth chi'n feddwl?

— Wel ynghylch y babi ma ontefe… fyddi di'n ca'l 'i weld e? Fydda i'n cael 'i weld e?

Doedd e ddim yn gwybod. Yn sydyn iawn doedd e ddim yn gwybod dim am y babi. Teimlai fel petai e heb drafod y peth o gwbl. Sut roedd Julie wedi osgoi ateb y cwestiynau hynny hyd yn hyn?

Am ei fod e wedi anghofio gofyn, sylweddolodd.

— Ma'n well i ti sorto pethe fel hyn cyn bod y babi'n dod, bach…

— Ie, 'wy'n gwybod… ond ma hi mor stwbwrn… chi'n gwbod fel ma hi… gwrthod grondo…

— Ie, wel bydd rhaid iddi tro ma, bach. Ma hawliau 'da ti… rhai cyfreithiol… Ga i Anti Hilda i weld yw hi'n…

— Na, Mam, dim diolch.

— Ond…

— Unrhyw un heblaw Anti Hilda…

— C'mon nawr, bach…

— Na, Mam. Na. 'Wy'n rhoi'r ffôn lawr. Dim amarch i chi.

— Cain…

— Ta-ta, Mamsi fach.

Gwthiodd y ffôn ymhell oddi wrtho a phwyso yn erbyn y wal. Roedd y chwys yn rhaeadru ar ei dalcen, a'i goesau'n wan drachefn. Anti Hilda. Llofrudd mewn oferôls melyn, a'i fam yn ei dilyn yn ufudd.

Doedd e ddim i fod gwybod. Ond fe ddo'th i wybod. Ac roedd y stori'n hurt. Yn gwbl, gwbl hurt. Petai hi ddim yn stori mor drasig fe fuasai hi bron yn ddoniol. Ei fam yn crio'n ei gŵn nos glas golau ac yn dweud wrtho am fynd nôl i fyny'r grisiau. Anti Hilda ar ben draw'r ffôn a'i fam yn dilyn pob cyfarwyddyd. Ei dad yn pwyso'n gam yn erbyn bwrdd y gegin, heb air yn dod ohono. Ma fe'n cysgu, bach. Sŵn y papur 'sgrifennu gorau'n cael ei dynnu'n wyllt o ddrôr y ddesg. Cer i'r gwely, Cain, er mwyn y mawredd.

Drrrrrrbangbwm.

Dy-bwm.

Bang bang bang bang.

Roedd Sinderela wrthi unwaith eto. Roedd e'n eiddigeddus ohoni, mewn un ystyr. Ei bod hi'n medru dawnsio a dawnsio a dawnsio heb boeni am neb na dim byd. Ond roedd e hefyd yn grediniol bod pris i'w dalu am y ddawns honno. Doedd e ddim yn fyddar, wedi'r cyfan, a'r waliau'n bapur-tobaco o denau. Roedd hi naill ai'n wylo neu'n sgrechian neu'n dadlau neu'n chwerthin. Doedd dim un eiliad o'i bywyd nad oedd yn cael ei gofrestru gan sŵn. Roedd hi'n dianc rhag rhywbeth o hyd, yn ymgolli mewn synau aflafar er mwyn boddi distawrwydd undonog ei bywyd ei hun.

A'r sŵn gwaethaf oll oedd sŵn y caru.

Curiadau rhythmig, griddfan isel, gwichian uchel ac anadlu dwfn, dirwystr, afiach. Cain yn gwingo'n anghyfforddus o flaen ei sgrin deledu. Ond roedd e'n mynnu gwrando hefyd; yn mynnu'i arteithio ei hun yn hytrach na chwarae'r gerddoriaeth yn uwch, rhedeg dŵr y bath, neu hwfro-wrth-ddawnsio fel gwallgofddyn. Yn ei orfodi'i hun i wynebu ei atgofion a'i hunllefau ei hun. Wedi'r cyfan, nid oedd ganddo gof melys o'r carnifal corfforol hwn. Roedd wedi gwybod o'r dechrau y byddai'n rhaid iddo wneud, ac y byddai Julie'n disgwyl iddo wneud, ond ni newidiai hynny'r ffaith y byddai'n well ganddo fwyta ei draed ei hun na chyffwrdd pen ei fys – *fel 'na* – mewn rhywun arall, menyw neu ddyn. Gwelai rhyw fel rhywbeth ffarsaidd ac arswydus. Doedd e ddim yn deall pam y byddai dau oedolyn synhwyrol yn barod i ymroi i annaturioldeb a throi'n un bwystfil deuben.

Roedd yn rhaid diffodd y golau, wrth gwrs. Petai'n gorfod gwylio rhan bwysicaf ei gorff yn diflannu o'r golwg, mae'n debygol y byddai wedi llewygu. Fe allai anghofio am ennyd, mewn tywyllwch, pwy oedd e go iawn. Gallai ffugio ei fod e'n un o'r dynion hynny oedd yn mwynhau'r peth, a chan ddychmygu sigarét yng nghornel ei geg a lledr coch esgidiau yn glep yn erbyn ei ben ôl, a meddyliau felly a'u tebyg – er eu bod nhw'n straen ar adegau, ac yn mynd o chwith nes iddo weld ei fam oddi tano – a'u rhwydodd yn ara ara bach tuag at ei uchafbwynt dibleser, gwan.

Tybed oedd Julie'n gwybod ar ba un o'r achlysuron anffodus hynny y cenhedlwyd y babi? Doedd e ddim yn siŵr iawn ei bod hi'n mwynhau'r weithred yn fwy nag roedd e – chlywai e ddim smic ganddi fel arfer, ond am ryw igian gwan. Ac weithiau ei enw – roedd e'n casáu clywed ei enw fel 'na, a'r gair mor amddifad yn y tywyllwch, heb ddim i afael amdano – Cain, o ie Cain, fan 'na Cain. Stopia actio'r bitsh wirion, dyna y dylai fod wedi 'i ddweud wrthi. Fe'i trawyd yn sydyn gan dristwch y peth: yr holl sberm 'na'n rhuthro i mewn iddi, yn drwch o fywyd, a'i wyau'n gwenu'n llawen gan ddawnsio ymaith â nhw. Ac er yr holl wyrthiau a fyddai'n digwydd oddi mewn, tu allan doedd dim byd ond caledwch, difaterwch, a gwlybaniaeth oer yn troi'n grwst ar goes.

Merch fel Mandi – dyna'r fath o ferch y medrai garu 'da hi. Doedd dim weiren bigog o'i chylch hi, dim ond arogl fanila yn gymysg â chwa felys o chwys, digon i'w wneud yn benysgafn. Ac roedd hi'n eich cyffwrdd chi. Yn cyffwrdd ynoch chi. Yn gafael yn eich braich chi wrth chwerthin, er mwyn sadio'i hun, yn rhoi rhyw slap ysgafn petaech chi'n cellwair â hi, yn rhoi ei llaw ar eich ysgwydd wrth ddarllen eich cylchgrawn (a hi fyddai'r unig un fyddai'n cael gwneud hynny) ac yn rhoi cusan – weithiau – mewn ambell barti 'Dolig, ac addewid y gusan honno ynghrog yn yr awyr gydol y flwyddyn. Roedd e wedi llechu wrth ymyl y peiriant cawl cyw iâr yn ddigon hir, ambell bnawn, i wrando ar ei sgyrsiau hi gydag Andi a Trixie, i wybod ei bod hi wrth ei bodd yn cael rhyw. Wedi gweld, o gil ei lygaid wrth esgus edrych am lwy, sanau les hir yn llithro o bapur sidan, bronglymau arian ac aur yn chwifio'n chwareus dros gownter y dderbynfa, a sawl sibrydiad sidanaidd yn datgan ei bwriadau brwnt ar gyfer y noson o'i blaen. Oedd, roedd e'n sicr y gallai garu gyda merch felly.

Ond eto, doedd e ddim yn hollol siŵr, chwaith.

Bang, bang. Bwm, bwm.

Py-dwm.

Roedd ei synau'n gysur iddo, bellach. Rhoddodd y rhyddid iddo ddweud yn uchel: "dyma fi, dyma fy mywyd, dyma fy realiti, eistedd mewn cot nos, heb syniad faint o'r gloch yw hi, yn gwrando ar ferch wallgo'n dawnsio uwch fy mhen, ac yn ceisio anghofio am ddigwyddiadau rhyfedd y diwrnod hwnnw, wrth iddo bendwmpian rhwng rhythmau, rhwng y real a'r afreal, rhwng y botel chwisgi a phaneidiau o de.

Arferiad. Diogelwch. Roedd yr holl synau gwirion, gwyrdroëdig a ddaeth o'r llawr uwch ei ben bellach fel melodi ysgafn, hudolus, a'i swynodd yn ôl i gysgu.

Oriau'n ddiweddarach, deffrodd Cain Lewis a'i feddwl, o'r diwedd, yn glir. Ei geg yn sych grimp a'i ddannedd yn rhydu, ond ei gof yn glir fel y gwydryn o'i flaen.

Nid ei ddychymyg fu ar waith wedi'r cyfan. Oedd, roedd wedi deffro'r bore hwnnw i weld plentyn wrth ymyl ei wely, ac roedd hefyd wedi ei glywed yn sibrwd enw, wrth daro'i ddwylo bychain yn erbyn y llenni, pit-pat pit-pat. A'r enw, nid y digwyddiad, dyna wnaeth iddo wysio'r tywyllwch.

Dyma'r union enw yr ynganai Sinderela yn ei munudau mwyaf tanbaid. A dyma'r enw hefyd, roedd wedi ei glywed ynghanol ei freuddwydion boreol, yn llamu i fyny trwy'r byrddau llawr, i mewn i ogof annelwig ei glustiau, enw oedd bellach yn dechrau cleisio.

Nawr, yn ei ben, roedd yr enw hwnnw'n curo fel adenydd aflonydd:

G–w–y–d–i–o–n, G–w–y–d–i–o–n, G–w–y–d–i–o–n.

FFLAT 3

DIM MWY O RIFAU, a dim mwy o ddisgwyl. Mae'r byd ar stop.

Fe ddaeth – yr afon goch honno – fe ddaeth ac fe aeth, yn gawod o waed i lawr y tŷ bach. Y cynllun ar ben, a'r lluniau ohonon ni'n dwy'n dal ar goll, ymhell, bell i ffwrdd.

Fe fûm i mor ofalus. Yn cyfri'r dyddiau fesul un, yn meddwl am yr addewid yn cyniwair ynof. Y rhifau'n boddi fy mhen – heddiw yw'r dydd, meddwn i, heddiw fe fydd e'n digwydd; dyna mae'r rhifau'n ei ddatgan. On'd oedd Andre a minnau wedi llwyddo, y noson honno – heb yr un rhif – a hithau'n brawf o hynny? Ei phen yn dyfod i'r byd trwy'r afon goch, heb i minnau deimlo'r un poen, na'r un gofid. Heb i Andre fod yno –a doedd dim ots am hynny. A'r tro hwn, roedd yn rhaid i bob dim fod yr un mor berffaith. Yr un peth yn union. Do'n i ddim am i neb rannu'r peth â mi. Fy mhrofiad i ydoedd.

Dyna pam dewisais i Gwydion. Am na fyddai e byth bythoedd yno.

Ond fe aeth y misoedd heibio, yn rhifau blêr, un, tri, pedwar, saith, a nawr mae'r cochni'n ôl, ac mae'n gochach nag erioed.

Dy fai di, Gwydion.

Mae Gwydion yn lwcus na ddaeth e ata i heno. Mae fy stumog yn wymon i gyd, fy mreichiau'n llipa o ddigyfeiriad. A'r geiriau'n gam yn fy ngheg. Does wybod pa fath o beth y byddwn wedi'i ddweud wrtho. Weli di hwn, weli di'r gwaed ma? Mae e'n arwydd o'n methiant ni'n dau i greu unrhyw beth o werth. Weli di hynny? Clwyf biau lliw'r llif ma, ac mi rwyt ti wedi 'nghlwyfo i, fis ar ôl mis, wrth beidio â rhoi i mi'r hyn rwyf ei angen. Pam rwyt ti'n gwarafun hyn i mi? Mi wyt ti'n gallu creu, on'd wyt ti? Gwelais dy blentyn bore ma, yn rhedeg i fyny'r grisiau.

Ond ddaw e ddim. Ac er nad oes arnaf eisiau clywed ei draed ar y grisiau, na theimlo'i ddwylo chwyslyd o dan y gorchudd, mae arnaf eisiau gwybod pam na ddaw e heno, ac yntau wedi addo gwneud. Rwy'n ddig na chaf y cyfle i'w frifo. Cyfaddef beth yw'r gwir reswm y bûm i'n ildio fy hun iddo ers bron i flwyddyn. Poeri'r ffaith bod y cyfan ar ben, cyn iddo gael y pleser o wneud hynny drosta i.

Ers misoedd bellach gallaf deimlo'r gwallgofrwydd ynof yn codi i'r wyneb. Ond dwi ddim am fod yn wallgof. Er ei mwyn hi, addewais i mi fy hun na wnawn i. Na roddwn reswm iddyn nhw allu dweud: edrychwch arni hi, welwch chi 'mhwynt i?

Roedd hi'n ddiwrnod braf, y diwrnod hwnnw. Rydw i'n cofio gweld lliwiau'r haf yn fy nghyfarch wrth y drws un bore, a'i dal hi'n dynn yn fy mreichiau, a theimlo – teimlad na chefais ers hynny – mai dyma'r foment buraf oll. Roedd hi'n gwthio'i bysedd bach yn erbyn fy wyneb, yn ceisio dehongli rhywfaint o'r hyn yr adwaenai fel ei rhinweddau hi ei hun, ac roedd ei chroen mor ysgafn, mor bur. Ro'n i am iddi barhau i fod yn bur felly ar hyd ei hoes, a hyd yn oed petai'n tyfu i fod yn ferch anystywallt, wyllt, fe fyddwn yn gallu dweud wrthi o hyd am y foment

hyfryd, dawel hon; ni'n dwy'n ddistaw mewn byd o
liw, ar ddechrau'r haf.

Mae gen i atgof o glywed y drws cefn yn cau, a 'nhad
yn gweiddi na fyddai'n hir, ei fod yn picio i'r pentref i
nôl bara ac wyau i ni gael brecwast. Bara ac wyau. Yr
ardd mor wyrdd a'r haf yn hir – y cyfan mor berffaith,
fel darlun. Cael y perffeithrwydd hwnnw wnaeth i mi
eisiau ymestyn y diwrnod tu hwnt i'w bosibiliadau.
Cydio yn yr aur boreol hwnnw a'i daenu dros y dydd
i gyd. Trois fy nghefn a mynd i'r gegin. Gosod y tecell
ar y stof i ferwi, gosod y platiau gwynion yn erbyn
mahogani'r bwrdd. Ei gosod hi, yn llawn chwerthin
ac ebychiadau plentynnaidd, yn ei chadair uchel, fel
brenhines. A meddwl pa mor braf fuasai ychwanegu
blodau at y llun perffaith. Blodau ffres, lliwgar o'r ardd.
'Mond munud fydda i, 'nghariad i. Hithau'n ddiogel
yn ei chadair uchel.

Cymaint o ddewis. Clychau'r gog yn brolio'u
pennau glas, saffrwm yn cellwair rhwng cynffonnau,
lilis gwynion yn sbecian a chellwair. Perffeithrwydd
unwaith eto. Rhyw gydbwysedd gwyllt yn cydio ynof,
yn fy llenwi â'i hapusrwydd. Fy nghorff, wedi misoedd
o deimlo'n gaeth, yn lluddedig, yn llawn bloneg a
gwaed, bellach yn ystwyth unwaith yn rhagor. Fy
nghoesau'n symud yn gynt ac yn gynt trwy'r brwyn.
Fy myd yn rhydd.

Dyna a wnaeth i mi ddechrau dawnsio. Gan ganu'n
ddistaw dan fy anadl. Canu a chanu a dawnsio a dawnsio,
ymgolli yn y foment. Anghofio, am ennyd, amdani hi.
Anghofio'n llwyr. Nôl a blaen rhwng y lilis, neidio'n
chwareus dros y llyn bach, dychryn y pysgod gyda'm
curiadau. By-dwm. By-dwm. Curiadau 'nghalon yn
codi a chryfhau. 'Rwy'n fyw' – meddyliais – 'rwy'n

llawn bywyd.' 'Rwyf wedi *rhoi* bywyd.' Chwarddais. Dathliad.

Do'n i ddim yno'n fwy na phum munud mewn gwirionedd. Pum munud mae'n ei gymryd i rythmau'r byd newid am byth. Fy mhen yn troi a minnau'n casglu'r blodau, ac yn camu'n ôl tuag at y tŷ. Gweld fy nhad yn y drws, ei wyneb yn welw. Nid gwyn bara-ffres-o'r-siop, ond gwyn annymunol, oeraidd, fel 'tai e eisoes yn gorff ar waelod afon, a minnau'n syllu arno trwy drwch o ddŵr. Y tu cefn iddo, sŵn tegell yn berwi'n ffyrnig, sŵn plentyn yn gwichian crio, a sŵn menyw'n gweiddi nerth ei phen. Methu deall ei geiriau, neu'n waeth byth methu derbyn y geiriau hynny am ei bod nhw'n afiach o fawr, yn boenus o real.

Roedd hi wedi 'ngweld i'n dawnsio, mae'n rhaid. O bell, bell yn ei chawell, wedi 'ngweld i'n symud i alawon yr ardd ac wedi cynhyrfu. Dywedodd fy nhad, wedyn, mai dyna fy mhrif ddiffyg fel mam, yn methu deall fod gan blant yr awydd i efelychu eu rhieni ym mhob peth. Mae e'n credu iddi gynhyrfu, a cheisio dod o'r gawell. Iddi gael ei dychryn gan synau'r tegell yn corddi, yn poeri a thasgu ei ddicter dyfrllyd. Rhwng cynhyrfu a symud a cheisio dawnsio yn ei chawell wen, rhwng y naill beth yn gadwyn am y llall, fe syrthiodd y gadair. A hithau ynddi. Fy hen gadair i oedd hi – nid un o'r rhai modern, gwyn ma ond un bren, frau, a chanddi'r gallu i dorri, i syrthio, i niweidio fy myd a'i newid am byth. Pam na welais i hynny ynghynt?

Darnau o bren brau yn pydru ar lawr, a hithau, druan, fel dol tseina ynghanol y cwbl. *Ches i 'mo'i gweld hi.* Roedd y fenyw – rhyw ddieithryn o fwthyn cyfagos, honno a glywodd y sgrechfeydd tra o'n i'n dal i shifflo rhwng y llyn a'r hen dderw – wedi ei lapio

mewn blanced goch. Roedd hi wedi bwrw ei phen yn
erbyn ochr y stof, yn galed meddai'r dieithryn dig, ac
roedd hi'n las, las, fel carreg. Ches i ddim mynd gyda
hi yn yr ambiwlans, dim ond gwylio wyneb fy nhad
yn diflannu i lawr y lôn dan y golau glas, ac yntau'n
methu edrych arnaf. "Fe fydd hi'n well fel hyn. Rhag
ofn iddyn nhw ddechrau gofyn cwestiynau. Gad i mi
sortio'r cyfan."

Ond fe ddaeth y cwestiynau beth bynnag. Menywod
â gwalltiau hir brown wrth y drws gyda'u ffurflenni, yn
gwrthod siwgr yn eu te, yn arogli o lafant ac ysbytai, yn
llyfnu'r llinellau â'u tafodau main, fesul un. Fy llygaid ar
garlam i gyfeiriad arall, ond dysgl fy nhad yn rhyfeddol
o wastad.

Oes hanes o salwch meddyliol yn y teulu?

*Wel, na'th chwaer 'yn nhad-cu saethu ei hunan ar
ddiwrnod 'Dolig ond…*

Dwi ddim yn wallgof; ro'n i'n arfer bod yn
ddawnswraig.

"Yw hi wedi dangos unrhyw arwydd o iselder ers
geni'r plentyn?"

*Wel, fe gymerodd hi amser iddi ddod i arfer, do. Bues
i'n gneud lot o'r magu yn yr wythnosau cynta, cyment ag y
gallen i…*

Hi? Dwi yma o'ch blaen chi. Y diwrnod hwnnw
ro'n i'n llawn llawenydd.

"Fyddech chi'n dweud bod eich wyres yn saff gyda'ch
merch?"

*Cyn yr wythnos ddwetha, fydde gen i ddim amheuaeth
am hynny ond…*

Gofalais amdani fel 'tai hi'n berl prin. Y ddawns a
ddinistriodd y cyfan.

"Diolch i chi am eich amser. Fe fyddwn ni mewn cysylltiad."

Popeth yn iawn.

Dyw popeth ddim yn iawn..

Fy ngheg yn llawn te llugoer, blas y bore. A'r cyfan oll tra oedd hithau'n anadlu trwy gymorth peiriant, yn cael ei bwydo trwy bibau, yn gaeth i wifrau a pheiriannau, yn byped mewn byd nad o'n i'n ei ddeall. Es i'w gweld. Sawl gwaith. Heb ganiatâd, wrth gwrs. Sleifio i mewn i'r ward rywbryd fin nos, neu yn y bore bach, es ati hi heibio i gyplau dagreuol a mamau blin. Ei gweld yno'n amddifad, y marc ar ei hwyneb yn troi'n goch ac yn las ac yna'n biws, tan iddo ddiflannu'n llwyr. Eto'n berffaith, yn union fel roedd hi yn ystod yr ychydig oriau perffaith hynny wrth i ni'n dwy gyfarch yr haf wrth y drws.

Roedd hi'n gryf. Mi ddo'th drwyddi. Mi ddo'th adref. Heb farc arni. Ac er ei bod ychydig yn ddofach, a'i chwerthin heb fod mor uchel nac mor aml ac yn fwy pell, yr un baban oedd hi. Fy maban i.

Cytunais i arwyddo'r papurau. Doedd dim dewis gen i. Y llysoedd wedi gwneud eu penderfyniad, a'r ffaith nad o'n i'n fam dda bellach yn ffaith gyfreithiol, yn eu dogfennu rhwng ffeiliau. Nid fy mai i, protestiais, ond wrandawodd neb. Gweld fy nhad y tu allan i'r llys ac yntau'n dweud y deuai amser, ymhen blynyddoedd, pan gawn ei gweld pryd y mynnwn. Minnau eisiau poeri'n ôl – wrth gwrs y caf i, fi yw ei mam hi – ond yn gwenu'n neis yn ôl, a thaflu'r wên i siwtces bychan a'i lusgo ar y trên, cyn teithio'n ôl i'r llwydni drachefn.

Cyn pen dim roedd wedi dod o hyd i'r fflat. "Lle bach neis, twt i ti." Bob mis deuai'r sieciau, y cyfaddawd gwyn yn yr amlenni hirion. Heb luniau. 'Mond nodyn bach. "Dechreuodd hi'r ysgol wythnos ma." Ond pa iws oedd nodyn, geiryn, ymholiad? Heb i mi allu bod yno, bob dydd, yn gweld y trwyn yn lledaenu, y llygaid yn llamu? A chysgod o glais yn dal i droi'n goch pan fyddai hi wedi blino, pan fyddai hi'n troi ar ei hochr ac yn chwythu'r nos trwy ei ffroenau. Pa iws? Pa iws? Heb luniau does gen i ddim. Dim byd ond atgof o law yn codi rhwng y brwyn, a'r atgofion hynny'n colli eu lliw, yn troi'n ddu a gwyn.

Beth wnaeth i mi feddwl y byddai mor hawdd newid pethau? Rhoi'r cyfan yn ôl yn dwt yn ei le. Fel 'tai baban arall yn ffordd o ddatrys pob dim – y cymhlethdodau coch ma'n fy nghalon, yr angerdd anwastad yn fy nhraed, y dolur di-liw yn fy mherfedd.

Gobaith efallai. Delfryd. Dyna wnaeth i mi gredu. Credu y byddai'n ddigon hawdd newid patrwm pethau. I gael stôr o luniau newydd i ddylunio 'myd, i foddi'r llwydni. Cael bachgen bach, efallai, er mwyn newid y patrwm. Brawd bach iddi. Cael gofalu amdano, ar 'y mhen fy hunan, heb neb i wybod amdano, neb i holi cwestiynau. Cael creu byd bach i ni'n dau yn y fan hon – tan ei fod yn ddigon hen i ddweud wrth bawb fy mod i'n fam dda, i mi gael cam, ac nad fy mai i oedd yr hyn ddigwyddodd.

Ond fydd 'na ddim baban. Dim bachgen bach yn pendwmpian o gwmpas y lle, yn ceisio dod o hyd i eiriau, yn brifo'i bengliniau, yn tynnu ar fy sanau, yn cymryd fy rhan.

Fydd 'na ddim byd o gwbl, a'r gwir mor goch, nes ei fod e'n brifo.

Damia ti, Gwydion.

FFLAT 1

ROEDD HI'N STORI SYML, meddyliodd Lena. Un funud roedd y ffôn yn canu, a'r funud nesaf roedd ei gŵr yn gorwedd yn gelain ar ei droed dde a'i mab yn rhedeg allan trwy'r drws ffrynt yn ei ddagrau a'i drowsus coch.

Safodd yn ei hunfan am rai munudau. Nid yn unig am ei bod hi mewn sioc, ond am ei bod hi'n teimlo, wedi'r digwyddiad, mai'r peth lleiaf y gallai hi ei wneud oedd cynnig ei throed yn glustog i'w ben. Yn y diwedd, bu'n rhaid iddi symud, am fod ei bacwn boreol bellach yn ddu a galargan y larwm tân yn bygwth hysbysu'r holl adeilad o'i gweithredoedd. Symudodd ei throed ychydig yn rhy gyflym, gan glywed ergyd ingol ei ben yn erbyn yr arwyneb caled, a hynny am yr ail dro'r bore hwnnw.

Yna, gwasgodd swîts y tegell a gwrando ar y dŵr yn berwi. Yn ei llesmair, dychmygodd sut beth fyddai bod tu mewn i'r tecell, yn poethi gronyn wrth ronyn, yn teimlo'r chwys yn wrid araf ar hyd ei choesau a'i breichiau wrth agosáu, eiliad wrth eiliad, at y foment hyll honno pan wnâi'r gwres droi'n araith a'r boen yn ei berwi'n ddim.

Clic.

Roedd lladd yn waith sychedig, meddyliodd, wrth losgi'i thafod.

Un paned o de. Fe'i trawyd gan y ffaith honno. Un. Peth od oedd gwneud te i un. Meddyliodd am y miloedd o achlysuron pan wnaeth de i ddau, i dri, i bedwar, i gyd mewn modd anhunanol, didrafferth, heb sylwi ar y weithred o gwbl. Heb roi'r gorau i siarad, symud, holi sut roedd rhywun, oedd angen cyngor/gwasanaeth ar rywun arall, pethau dibwys felly, gan gyflawni rhywbeth gwerth chweil yn ddistaw dan ei dwylo.

Ond roedd te i un yn wahanol. Roedd e'n ormod o waith rhywsut. Roedd gwasgu'r bag yn llipa yn erbyn y cwpan, gan wybod na chlywai hi'r un person byw yn cwyno am ddiffyg tebot, roedd hynny'n ei phoeni. Te tramp, te pinsh, te bwtsiar. Te llofrudd.

Roedd unigedd y bag te hwnnw'n ei phoeni, hefyd, wrth ei weld yn suddo i ddüwch y bin sbwriel.

Peth annifyr, mae'n rhaid, oedd marw ar eich pen eich hun.

Roedd hi'n barod amdano pan ddaeth adref ati'r noson honno. Yn barod i beidio â chael ei dallu.

Wrth iddo agor y gwin, sylwodd fod ei fochau'n goch. Coch-caru. Gwingodd wrth sylweddoli ei bod wedi gweld y lliw hwnnw o'r blaen, hefyd. Cofiodd noson benodol, rhyw bythefnos yn ôl, pan welodd y coch hwnnw am y tro cyntaf. Ac yn drwm yn ei phen roedd ei chwestiynau ynfyd:

"Ti'n iawn Gwyds? Ma dy wyneb di'n goch iawn."

"Mae'n oer tu fas, dyna i gyd."

"Ti'n siŵr bo ti ddim yn dost?"

"Na, fi'n olreit. Gwely cynnar a bydda i'n iawn."

Ond er i'r atgofion droi a throi yn ei phen, ac iddi ailchwarae pob cochni, pob persawr, pob twyll yn araf yn ei phen am oriau lawer, rywsut, gwenodd arno, gan stwffio parsel samwn yn ddwfn i ogof ei cheg. Heno, fyddai hi ddim yn crybwyll y peth. Wedi'r cyfan, roedd hi wedi mynd i drafferth i baratoi'r bwyd. Châi e ddim gwarafun y wledd hon iddi, hefyd.

Erbyn i Gwydion agor ei lygaid fore trannoeth roedd Lena wrthi'n peintio'r ystafell wely.

"Beth yffach wyt ti'n 'neud?"

Roedd Lena wedi deffro'r bore hwnnw yn llawn atgasedd newydd, ac yn rhyfedd ddigon, yn llawn awch am frecwast mawreddog. Gosododd dri darn o facwn dan y gril, clymu'i gwallt yn ôl, cyn mynd ati i daenu paent dros waliau'r ystafell wely, a hynny heb orchuddio'r un celficyn. Canlyniad hyn oedd bod y paent yn diferu dros bob man, dros y gwely, y llenni ac yn bwysicach, ac yn fwy pwrpasol, dros wyneb Gwydion. Roedd hi'n argyhoeddedig y buasai arogl ffiaidd y paent yn esbonio'r cyfan. Roedd yn arwydd digon eglur, yn ei thyb hi, bod rhywbeth yn drewi.

"Sdim byd gwell na bach o baent, o's e, i roi sglein ar bethe," dywedodd mewn llais miniog. Syllodd Gwydion arni mewn penbleth llwyr.

"Wel dere mla'n, dere i helpu! Fydd brecwast ddim yn hir."

"Lena," plediodd Gwydion, "dwed wrtha i beth sy'n bod 'nei di?"

"Nag wyt ti am ddweud rhywbeth am liw'r paent, Gwyds? Wedi'r cyfan, mwy na thebyg dwyt ti ddim yn lico fe, wyt ti – gwyrddlas? Ti'n gweld, 'wy 'di bod yn meddwl am arwyddocâd y lliw... lliw synthetig, masnachol, yw e; braidd yn anniddig ar y llygad ond hefyd yn afreal, nag wyt ti'n cytuno?"

"Lena, wnei di plîs…"

"Lliw sy'n ddigon cryf i baentio dros ein hwynebau ni'n dau, ein llun priodas ni falle… drosodd a throsodd… wyt ti'n cofio'r diwrnod? 'Wy braidd yn ei gofio fe… Sa i'n cofio sut olwg oedd ar fy wyneb i, na phwy yn y byd oedd y dyn yna wrth fy ymyl i, pwy oedd e dwed? O ie… a doedd e ddim eisiau priodi oedd e, wedi'r cyfan…"

"Os wyt ti ishe dweud rhywbeth, dwed e."

"… O dwi *yn* dweud rhywbeth Gwydion *annwyl*. Gweud ydw i y byddet ti'n ddigon bodlon, petawn i'n rhoi'r brws ma i ti, i baentio a phaentio dros y diwrnod hapusaf yn dy fywyd di, jyst fel taset ti'n paentio wal."

"Sa i'n gwbod beth sy'n bod arnot ti, Lena. O'n i'n meddwl, ar ôl bore ddoe, bod popeth yn…"

"O ie, ddoe." Daeth rhyw gryndod sydyn dros Lena. "Gad i ni beidio ag anghofio am *ddoe*. Rhaid dy fod ti wedi ymlâdd ddoe, Gwydion, dwy ohonon ni mewn diwrnod…"

Cododd Gwydion allan o'r gwely a throi i'w hwynebu.

"Am beth rwyt ti'n rwdlan nawr?"

"Paid, Gwydion, dwi *yn* gwbod. Y peth lleia allet ti'i 'neud yw cyfadde'r peth. Pwy yw hi, Gwydion?"

"Ti off dy ben, Lena."

Anadlodd Lena'n ddwfn. Ceisiodd reoli'r ymchwydd ffyrnig dan ei chroen. Doedd hi ddim yn barod am hyn. Mwy o gelwydd eto a'r awyr yn raddol gau amdani.

"Ocê te, lle roeddet ti neithiwr?"

"Neithiwr?"

Nid dyma'r math o ateb roedd arni eisiau ei glywed. Daeth yn rhy sydyn, fel bwled. Doedd dim angen iddo ddweud mwy, mewn gwirionedd. Wrth ailadrodd ei chwestiwn, roedd Gwydion yn dweud *rydw i'n gwybod yn iawn am be wyt ti'n sôn* ond yn hytrach *rho amser i mi feddwl Lena, rho amser i mi gredu'n ddigon cryf yn fy stori fel y gwnei di ei chredu hi. Am dy fod ti angen credu.*

"Fe glywes i chi. Ar y ffôn."

Gwwwwwyyyydiooooooon. Gwwyd-ion. Gwydion, Gwdon, Gdn. Yr ystafell yn troi a throi a hithau'n teimlo'n sâl.

"Clywed beth?"

Clywai'r sŵn eto. Roedd rhan ohoni fyddai'n fodlon derbyn ei gelwydd, pe deuai'n ddigon buan.

"'Wy'n gwbod yn iawn be rwyt ti wedi bod yn neud. Paid â'n sarhau i drwy balu celwydde."

"Sa i'n gwbod beth i 'weud, Lena."

Y gwacter hwnnw oedd y peth agosaf a gâi hi at gyfaddefiad, gwyddai hynny. Ni ddywedodd Lena air. Roedd hi'n ceisio anghofio'r casineb a chanolbwyntio ar urddas. Wedi'r cyfan, *nhw* oedd yr anifeiliaid, yn tuchan a griddfan ac yn safnio'r holl fyd gyda'u synau blysiog. Roedd ei chroen a'i chydwybod hi'n ddifrycheulyd, o'i gymharu. Nid oedd hyd yn oed Mr Leary yn cyfri erbyn hyn. Am ei bod hi'n gwybod nad munud o wendid oedd trosedd Gwydion. Môr o wendid, a hwnnw'n waed i gyd.

Cododd y tun paent. "Dwyt ti ddim am ddweud wrtha i, te?"

"Dweud beth?"

"Dy fod ti'n gwbod beth ydy bod yn anifail?"

Clywodd Lena'r ffôn yn canu. Yna, sylwodd mai canu yn ei phen yn unig ydoedd, yn ogystal â llais y ferch fileinig 'na: Gwyyyyyyddddiooon.

"Does 'na ddim byd i'w ddweud, Lena. Ma'r cyfan yn dy ben di."

"O ie, grêt. 'Wy'n mynd o 'ngho', ydw i?"

Cydiodd yn y ffôn. Safai fel arf rhwng y ddau wrth i Lena ddeialu'r rhif.

"Gad i ni weld pwy fydd yn ateb pan wna i ddeialu'r rhif diwethaf ar y ffôn ma?"

"Dere â hwnna i fi," mynnodd Gwydion, bron yn bwdlyd, gan estyn ei law allan am y derbynnydd.

"Na!" protestiodd, yn yr un modd plentynnaidd, gan gamu'n ôl.

"Rho'r gore i'r holl ddwli ma!" bloeddiodd Gwydion, a chyda hynny gosododd y naill law yn gadarn ar ddolen y derbynnydd, a'r llall ar ddolen y tun paent, er mwyn llusgo Lena oddi yno. Gollyngodd Lena ei gafael ar y ddau declyn, gan adael y naill yn brefu ar lawr, a'r llall yn diferu dros y carped.

Yn ddirybudd, roedd dwylo pechadurus Gwydion am ei gwddf.

"Paid ti â meiddio 'neud 'na 'to, ti'n deall?"

Er ei fod yn tynhau ei afael, nid oedd arni hi ei ofn o gwbl. Os rhywbeth, teimlai hyd yn oed yn fwy cyfiawn. Pe bai e'n gyfrifol am drais yn ogystal â thwyll nid un malais yn unig fyddai'n perthyn iddo, ond niferoedd, a'r cyfan yn llifo'n las trwy ei wythiennau.

"Gad fynd," dywedodd, â'i llais yn bell.

Roedd llygaid Gwydion yn ddu erbyn hyn, yn dduach nag roedd hi wedi eu gweld erioed. Dechreuodd golli ffydd yn ei phrotest. Roedd hi'n bendant ei fod yn ceisio'i dychryn, a bod yr atgasedd pennaf yn rhywbeth a deimlai tuag ato ef ei hun. Gweithred wag oedd hi. Gêm.

Ar y llaw arall, roedd e'n dal i dynhau ei afael a hithau'n dechrau teimlo'r gwasgedd yn ei hysgyfaint. Pe bai hi'n anghywir, byddai ei bywyd yn bris mawr i'w dalu am gamddealltwriaeth.

Synhwyrodd, o gornel ei llygaid, fod yna dun arall o baent, un llawn, heb ei agor — ychydig fodfeddi oddi wrthi. Heb feddwl ddwywaith, llamodd yn sydyn tuag ato, cydio yn nolen y tun a'i hyrddio'n syth at ei wyneb. Syrthiodd Gwydion yn ôl gan ddisgyn yn galed ar ei throed dde. Y peth cyntaf a feddyliodd Lena oedd: *fe fydd na yffach o glais ar 'y nhroed i bore fory*. Yna, dechreuodd grynu. Am ei bod yn gwybod yn iawn, er gwaetha'r holl baent yn y byd, mai'r unig beth roedd hi wedi llwyddo i'w droi'n las oedd gwaed ei gŵr.

Ond nid dyna oedd ei diwedd hi. Clywodd snwffian yn y drws ac wrth iddi droi ei phen gwelodd drowsus coch Emlyn yn diflannu trwy ddrws y fflat, a'r diwrnod yn diferu ar ei ôl.

RHAN VI

FFLAT 1

"**B**ETH na'th e i ti?"
"Chwarae 'da fi."
"Ie, ble na'th e chwarae 'da ti."
"Yn ei fflat e."
"Yn y stafell wely?"
"Ie!"
"Na'th e neud i ti fynd i'r gwely?"
"A'th e dan y gwely."
"Beth o'dd e'n neud o dan y gwely?"
"Cwato wrtha i."

Ochneidiodd Lena. Roedd ei dwrn yn dal i chwyddo'n boenus ers iddi daro'i chymydog. Nid bod 'cymydog' yn air addas iawn iddo, chwaith, gan nad oedd hi erioed wedi ei weld cyn y bore hwnnw. Roedd hi eisiau credu bod Emlyn yn dweud y gwir, eisiau credu ei bod hi'n berffaith bosib i adael plentyn yng ngofal dieithryn heb i'r un cysgod darfu ar y digwyddiad. Ond roedd hi hefyd angen credu bod ganddi reswm dros ymosod ar rywun. Y peth olaf roedd Lena eisiau ei gydnabod, heddiw o bob diwrnod, oedd nad oedd yr ymosodiad yn un haeddiannol. Gallai gyfiawnhau lladd ei gŵr ei hun, ond ni allai hi gyfiawnhau dyrnu dieithryn diniwed oedd yn dal i wisgo'i sliperi.

Doedd hi ddim yn gwybod bod y fath nerth yn

perthyn iddi, tan heddiw. Fe ddylai fod wedi'i ladd yntau hefyd. Byddai hynny'n sicr yn rhoi mwy o hygrededd iddi fel llofrudd. Doedd dim pwynt taeru'n dila ei fod wedi lladd ei gŵr 'ar ddamwain wrth amddiffyn ei hun', a bod hynny 'oherwydd tun o baent glas'. Na, petai hi'n lladd pob person yn yr adeilad ni fyddai gan neb ddiddordeb yn y rhesymau: fe fyddai hi, yn ddigon syml, yn llofrudd. Du a gwyn. Ni fyddai'n rhaid trafferthu esbonio bod ei llygaid hi wedi troi'n goch, ei bod hi'n sydyn wedi cofio am yr alwad, am y caru ar y ffôn, neu am y *Gwwwyyyyydddiiiooon* a atseiniai'n ddiddiwedd yn ei phen. Fe allai ddweud yn syml ei bod hi wedi lladd pawb yn yr adeilad am fod rhywbeth bach yn bod arni.

Gollyngodd ei gafael ar Emlyn ac aeth at y drych. Fel y disgwyliai, roedd golwg wahanol iawn arni. Petai hi wedi gweld yr wyneb yma ar y stryd ychydig ddyddiau nôl, buasai wedi ei phitïo. Ac wedi meddwl, gyda rhyddhad, nad oedd ei phroblemau hi mor wael, nac mor weledol, wedi'r cyfan. Ond dyma lle'r oedd hi. Yn weledol. Amlwg. A'i byd yn gerflun gwag rhwng dwy lygad.

Yna, canodd y ffôn. Ei greddf gyntaf oedd estyn am y paent glas a phaentio drosto. Yna, yn araf bach, camodd ymhellach ac ymhellach oddi wrtho, fel petai hi'n disgwyl iddo ffrwydro yn ei hwyneb. Distawodd yn sydyn, gan adael Lena ar dân eisiau rhoi wyneb i'r galwr dienw, diamynedd hwnnw.

Ei meddylfryd cyntaf oedd meddwl mai *hi* oedd yno. Pwy oedd *hi*? Debyg na ddôi i wybod mwyach. Ond dyna ni. Ni fyddai Gwydion wedi datgelu dim. Gallai weld yn ei lygaid, yr eiliad y cyhuddodd e, nad oedd eto wedi cyfaddef iddo'i hun ei bod hi'n bodoli. Roedd hi'n rhywbeth newydd i'r ddau ohonyn nhw. A nawr, roedd yn rhaid i Lena ddygymod â'r newydd-deb hwnnw ar ei phen ei hun.

Safai Emlyn yn y drws. "Ga i fynd lawr llawr i weld y dyn 'na 'to?"

"Na chei, Emlyn. Mae'n rhaid i ti baco, cofio?"

"Ond ma fe'n mynd i ga'l babi gyda menyw o'r enw Julie a 'wy ishe cwrdd â hi a gweld y bab…"

"Ti braidd yn 'i nabod e, Ems! Dyw e'n ddim o'n busnes ni beth ma nhw'n neud â'u bywydau, a dyw e ddim o'u busnes nhw beth ry'n ni'n neud, nawr, yw e?"

"Ond wedodd Cain bydde fe'n gofyn i Julie ddod rownd i gwrdd â fi a…"

"Emlyn, cer i bacio."

"Ond sa i ishe mynd i unman!"

"Emlyn." Defnyddiodd ei llais mwyaf difrifol. "Plîs wnei di jyst helpu Mam, heddi. Wedyn bydd popeth yn iawn."

"Ond fydd pethe ddim yn iawn fyddan nhw?"

"Fe fyddan nhw!"

"A beth am Dad?"

"Beth amdano fe?"

"Be rwyt ti 'di neud 'da fe?"

"Gweud wrtho fe am fynd."

"I ble?"

"I rywle bant o fan hyn. Ro'dd e 'di bod yn gas wrthon ni'n dou, dyna pam nes i 'i fwrw fe fel 'na. Taset ti wedi aros i weud ta-ta wrtho fe alle fe fod wedi esbonio i ti."

"O'dd e'n edrych yn… od."

"Wel, un od fuodd e eriod! Ishe hala fi i feddwl

'mod i 'di neud fwy o ddolur nag o'n i. Ishe i fi deimlo'n euog… 'na i gyd."

"Fydd e'n dod nôl?"

"Falle. Falle rhyw ddydd."

Gosododd Lena'r cês enfawr wrth y drws ffrynt a gwaeddodd ar Emlyn. Pan na chafodd ateb, aeth i'w stafell. Doedd dim golwg ohono fe. Sylwodd yn sydyn fod drws y fflat led y pen ar agor.

Camodd i mewn i'r coridor gan hanner cau'r drws ar ei hôl. Yna, arhosodd yn ei hunfan am ennyd. Y peth diwethaf roedd hi eisiau ei wneud oedd wynebu'r dyn 'na eto. Edrychodd allan ar y ddinas. Byddai hi'n siŵr o ddod o hyd iddo. Dechrau tu allan, gweithio tua'r canol. On'd dyna roedd hi wedi ceisio'i neud gyda Gwydion?

Cyn iddi allu meddwl am drydydd dewis, camodd allan o'r adeilad a gadawodd i awyr pechadurus y ddinas ei llyncu'n gyfan.

FFLAT 2

CNOCIO wnaeth e'r tro hwn, fel gŵr bonheddig go iawn. Gan nad oedd ond ychydig oriau ers iddo'i weld y tro diwethaf, nid oedd Cain wedi'i gynhyrfu o gwbl o'i weld wrth y drws er nad oedd wedi rhagweld y byddai'n galw eto.

"Ti nôl wyt ti?"

"Ga i ddod mewn?"

"Sa i'n credu bod hwnna'n syniad da."

"So' ni 'di bennu whare'r gêm 'to."

Cyn iddo gael amser i ymateb, cerddodd Emlyn heibio iddo. Hawliodd le ar y soffa, a throi'r teledu ymlaen: plentyn wyth mlwydd oed yn ei drechu gydag un ystum, a hynny yn ei gartref ei hun. Penderfynodd gymryd yr awenau. Cydiodd yn y teclyn teledu a diffodd y sgrin.

"Pam wyt ti nôl? Wyt ti ishe rhywbeth?"

Pwyntiodd Cain at y sgrin.

"Sdim teledu dy hunan 'da ti de?"

"Na. Dim ond llunie sy yn tŷ ni."

"O, reit. Wel, ma llunie'n well na teledu, ti'n gwbod 'ny on'd wyt ti? Ti'n gallu… gweld mwy mewn llun."

Cododd Emlyn ei aeliau. "Fel be?"

Dyna ni, meddyliodd Cain, roedd yr abwyd wedi'i lyncu. Ychydig eiliadau eto ac fe allai ei dynnu i mewn.

"Pethau fel cestyll a dewiniaid a thylwyth teg… "

Dylyfodd Emlyn ei ên a syrthiodd y pysgodyn yn ôl i'r dŵr.

Bu'r ddau'n eistedd mewn distawrwydd am rai munudau wedi hynny. Roedd gan hyd yn oed Cain y synnwyr i wybod nad oedd plant, yn enwedig plentyn goleuedig fel Emlyn, yn rhedeg oddi cartref heb reswm. Roedd Cain wedi bod yn rhedeg oddi wrth ei fam ers deunaw mlynedd, ond roedd hynny'n iawn: roedd e'n oedolyn, a dyna oedd oedolion yn ei wneud.

"Beth ti'n meddwl ambiti nawr?"

"Am Mam," piffiodd Cain.

"Ti'n lico dy fam, te?"

"Odw… am wn i. Wyt ti'n lico dy fam di?"

"Sa i'n gwbod. O'n i… ond… sa i'n siŵr nawr. Na'th hi rwbeth od."

"Withe ma mamau'n 'neud pethe od…" meddai Cain yn uchel, a'i feddwl yn crwydro'n ôl at noson yr oferôls melyn, "a ma nhw'n meddwl eu bod nhw'n 'neud y peth iawn, ond weithie ma fe'n tymlo fel…"

"O's tad 'da ti te?"

"Ma fe 'di marw."

"Shwd na'th e farw?"

"Damwen o'dd e."

"Pa fath o ddamwen?"

Damwain anffodus. Damwain dwy fenyw mewn oferôls melyn yn siarad â'i gilydd ar y ffôn, heb dalu sylw i'r hyn roedden nhw'n ei wneud.

Ai ei ddychymyg oedd e, neu oedd e'n adnabod peth o'r ofn crisial hwnnw yn llygaid y plentyn? Doedd Cain ddim yn hoffi'i fam e. Roedd rhywbeth amdani'n ei gorddi. Ac roedd pethau eraill ynghlwm â hi, pethau na fedrai – na feiddiai – mo'u deall. Y synau lawr llawr. Y plentyn yno wrth ei wely ben bore. Y plentyn wrth ei ddrws ddwy awr yn ddiweddarach. Yr enw Gwydion. Gwyddai petai'n gofyn y cwestiynau iawn i Emlyn y gallai ddatrys y cyfan yn hawdd. Eto i gyd, roedd yna rywbeth *am* Emlyn. Rhywbeth na ddylid ei gwestiynu.

Ond wedi dweud hynny, roedd ei fam yn fenyw beryglus. Camodd Cain yn ofalus.

"Well i ti fynd nôl at dy fam, nawr on'd tife? Neu o leia gofyn iddi hi ddod lan ma aton ni."

Ysgydwodd Emlyn ei ben.

"Jyst er mwyn iddi gael cwrdd â fi'n iawn. A pheidio 'nghlatsio i."

Gosododd ei ddwylo dros ei wyneb mewn ffug ofn. Chwarddodd Emlyn.

"Ocê te. Ond rhaid i ti addo os na fydda i nôl mewn deg munud cofia di ddod lawr i'n hôl i. Achos falle na fydd hi'n fodlon i fi ddod nôl. A fi ishe dod nôl."

"Ocê."

Gwasgodd Emlyn ei law.

"Addo?"

"Ocê de. Bydda i nôl nawr."

Canodd y ffôn drachefn. Ei fam, heb os. Roedd e'n siŵr bod gan y dôn ryw dynerwch anarferol pan mai hi oedd ar ben draw'r lein, oedd yn dal i grefu am faddeuant am rywbeth doedd e ddim fod gwybod amdano. Gan na roddwyd y stori go iawn iddo, roedd yn rhaid iddo ddyfeisio'i stori ei hun, a chanfod petai'n llechu tu nôl i ddrws y pantri am yn ddigon hir, y gallai gynhyrchu'r gwirionedd, ymadrodd wrth ymadrodd, nes llenwi'r bylchau a datrys y pos.

"Sneb yn mynd i ddod i w'bod, Eldra... ma'r crwner yn ddigon hapus... wedi gweld cannoedd o achosion tebyg, medde fe..."

"Ond dyw e ddim yn iawn, beth 'nethon ni..."

"Beth 'nest *ti*, ti'n feddwl."

"Paid ti â meiddio 'ngadel i ar 'y mhen 'yn hunan i wynebu hyn i gyd. Ti sgwennodd y nodyn..."

Y nodyn. Cydiodd yn y gair hwnnw cyn iddo ddisgyn a'i stwffio i boced ei drowsus byr. Wedyn, 'mhen amser, ac yntau'n twrio trwy ddroriau'r ddesg – er iddo glywed ei fam yn galw arno i ddod i'w helpu i droelli'r cwrw sinsir – daeth ar draws pentwr o bapurach. Arnynt roedd ysgrifen flêr fel ysgrifen ei dad, ond eto roedd rhyw ogwydd rhyfedd. Sylweddolodd yn sydyn nad ysgrifen ei dad ydoedd, ond rhyw ddynwarediad sâl ohono. Roedd geiriau â chroes trwyddynt, geiriau eraill wedi'u stwffio i'w lle, darnau o'r papur wedi eu rhwygo, a'r cyfan fel un cyfanwaith anorffenedig blêr, gyda channoedd o lawysgrifau gwahanol yn boddi dan inc. Roedd y gair 'gorffwylledd' wedi'i ddileu eto ac eto.

"'Nes i sgwennu'r nodyn i ga'l ti mas o drwbwl... 'na beth ma chwiorydd mawr yn dda..."

"O, ca dy ben 'nei di, Hilda, ac estyn y fflŵr 'na i fi."

"Paid ag ypseto nawr. Rhag ofan gwelith e bo ti'n ypset..."

"Ma hawl 'da fi fod yn ypset, on'd o's e... ma ngŵr i newydd farw... fydde hen ferch fel ti ddim yn gwbod dim byd am 'ny..."

"Reit – 'wy'n gweld. Af i, te. Rhyngto ti a dy gawl."

Dros sawl sgwrs debyg roedd wedi llwyddo i ffurfio rhyw fath o grynodeb o'r hyn ddigwyddodd. Pan ddaeth i lawr y grisiau ryw noson, yn ei byjamas *Spiderman*, gwelodd ei fam wrth fwrdd y gegin yn pwyso dros ei dad, a hwnnw'n gorwedd â'i wyneb yn ei lobsgóws. Wrth gwrs, fe gafodd ei hala 'nôl i'w wely, lle'r aeth ati i weld a oedd e'n gallu dringo'r waliau fel ei arwr corynnog. Ond doedd e ddim. Bob tro y syrthiai'n swp ar lawr fe orweddai'n hir ar y carped lafant a gwrando, trwy'r nenfwd tenau, ar ei fam yn crio. Ac yn ymbil ar rywun.

Aeth i ystafell wely ei fam a'i dad a chodi'r derbynnydd pinc a gwrando.

"O Hilda, beth 'na i, gwed?"

"'Wy'n dod rownd nawr. Sortwn ni bopeth, paid ti â phoeni."

"Yr holl liwie ma sy ar fai. Ma fe fod i gael dou o'r rhai oren, un o'r rhai glas, ac wedyn un o'r rhai gwyrdd a choch, dou o'r rhai pinc, a chwpwl o'r rhai du ma – y rhai du! Dyna'r bai... rhywffordd neu'i gilydd..."

Dechreuodd ddeall yr eiliad honno, ond ei fod wedi gwrthod delio â'r wybodaeth. Dyna pryd y dysgodd, mewn gwirionedd, sut i wneud i'r düwch ddod, i guddio'r lliwiau oedd yn ei ddallu. Pan oedd yn blentyn, roedd e wrth ei fodd yn gwylio'i dad yn cymryd ei dabledi. Cannoedd ohonyn nhw, bob dydd, un oren at y galon, un glas at y pwysau gwaed, rhai gwyrdd a choch at y cholesterol, a rhai pinc-gwan er mwyn gwneud iddo gysgu. Iddo yntau'n blentyn, edrychai pob un gymaint yn well na'r losin roedd yn eu prynu yn siop y gornel, a dychmygai'r blasau amrywiol, melys a fyddai ar bob un – y rhai oren fel orennau yn yr haul, y rhai glas fel teisen ben-blwydd Sali-drws-nesa, y rhai gwyrdd a choch fel cawl tomato a brenhinllys, yn suddo'n araf ac yn boeth i'w geg, a'r rhai pinc fel malws melys yn ffres o'r tân. Ond roedd yna hefyd rai du, er mwyn sicrhau dogn hael o haearn yn y gwaed. Y rhai du. Methodd yn lan â dychmygu sut flas fyddai ar y rheiny. Roedden nhw'n oleuach na licris, ac eto heb fod mor ddulas â glo. Ac roedden nhw hefyd yn edrych yn rhy debyg i'r pelenni lladd chwyn roedd ei fam yn eu paratoi mewn blwch bach arall y noson honno, wrth siarad ag Anti Hilda ar y ffôn. Honno'n traethu a thraethu am ffaeleddau honno-drws-nesa wrth i honna-ben-draw'r-lein gymysgu'r tabledi bach llwyd gyda'r pelenni bach duon, a'u gosod mewn blwch bach plastig, yn boddi ynghanol môr o liwiau plastig, o flaen trwyn ei dad. A hwnnw, wedi iddo gymryd ambell lowcied awchus o'i lobsgóws, yn llyncu'r cyfan gyda'i de llugoer. "Maen nhw'n fwy effeithiol os gymri di nhw gyda bwyd," esboniodd wrth ei fab bychan, a hwnnw'n llygadau i gyd.

Roedd Cain yn licio meddwl i'r darfod fod yn sydyn. Fel gwasgu botwm, diffodd golau. Doedd e ddim yn licio meddwl am ddyn a dreuliodd y rhan fwyaf o'i fywyd yn ceisio osgoi marwolaeth, yn dod wyneb yn wyneb ag e'n sydyn, trwy gyfrwng un bilsen fach. Yn teimlo'r tynhau sydyn hwnnw yn ei frest, a chan wybod bod yr union beth a oedd fod i'w amddiffyn, y lliwiau a oedd iddo fel rhyw fflachiadau nosweithiol o obaith, bellach yn ei wthio'n ddyfnach i'r düwch. Roedd yn well ganddo feddwl ei fod yn sydyn, yn ddi-liw, fel gwasgu botwm, diffodd golau.

Syniad Anti Hilda oedd y llythyr. Wedi i'w fam roi'r gorau i grynu, gwisgodd ei hoferôls melyn, a gwrando ar gyngor ei chwaer ar ben draw'r lein. Doedd Cain ddim yn siŵr pam ei fod mor bendant bod Hilda hefyd yn ei hoferôls melyn, ond roedd e'n hoffi'r elfen o gymesuredd a gynigiai'r atgof, gan ganiatáu iddo weld ei fam a'i fodryb megis cymeriadau mewn rhyw ffilm arswyd swrrealaidd: yr efeilliaid cyfrwys, dyfeisgar, melyn-o-faleisus.

Awgrymodd Hilda ei bod hi'n haws iddi esgus mai hunanladdiad oedd e. "Ti ddim ishe pobol yn sniffo rownd, yn gofyn cwestiynau." Ac roedd yn rhaid – *rhaid* – iddi sgwennu llythyr, am fod hynny'n gwneud yn siŵr bod pethau'n glir o'r cychwyn. *Open and shut.* A llaw grynedig fy mam yn gwyro oddi ar y dudalen – "Ond Hilda, se fe byth yn iwso gair fel *gorffwylledd*… o'dd e'n ffaelu'i weud e, heb sôn am 'i sillafu e." Oedi, llais iâr yn crawcian trwy'r wifren ffôn. "Mwy byth o reswm i'w roi e mewn, Hilda fach. Hwn yw'r peth dwetha ma'r boi bach yn mynd i'w sgwennu – fydd e'n bownd o iwso geiriau mowr." Ei fam yn ufuddhau, fel y gwnaeth erioed, fel petai Hilda newydd ofyn iddi am fenthyg ei doli glwt, neu dynnu ei gwallt yn rhydd. Llais Hilda'n ddistaw a di-hid ar ben draw'r ffôn, fel 'tai'r peth yn gwbl arferol. Fel 'tai hi wedi gwneud hyn o'r blaen, meddyliodd wedyn.

Dyna ei fersiwn e o'r stori, beth bynnag, a'r darnau wedi'u gludo wrth ei gilydd ar hap, a rhai darnau ohoni ar goll am byth. Ond gwyddai ei fod fel ysbryd i'w fam, "yr un sbit" â hwnnw a aeth o'r byd wrth wneud ei orau i aros ynddo. Roedd hi'n stori chwerthinllyd; prin y gallai gredu mai dyna'r hyn oedd wedi llywio'i fachgendod, y gwacter rhyfedd hwnnw, y plant eraill yn piffian chwerthin yn greulon o'r cysgodion, ei fam yn gostwng ei phen wrth giatiau'r ysgol. "Trueni amdano fe, ei dad e'n lladd ei hunan fel 'na." Y brawddegau'n fras tu hwnt i'r drws. "Ond roedd e ishe byw!" teimlai fel gweiddi nerth ei ben, ac fe fyddai wedi gwneud hefyd, 'tai hynny'n golygu y câi'r pleser o weld y chwaer gyhuddgar, Hilda, dan glo. Ond fedrai e ddim. Er gwaetha pob dim, roedd e'n adnabod ei fam, yn ei deall i'r dim ac yn gwybod nad oedd ganddi fwriad yn y byd i wneud niwed i'w dad. Roedd ei chamgymeriad trychinebus wedi'i harswydo ar hyd ei hoes, ac roedd clywed llais ei mab, gweld ei wyneb yn ymddangos yn sydyn yn y ffenest gefn, wedi ychwanegu at yr euogrwydd a'r arswyd. Roedd fel 'tai ffawd wedi anfon atgof parhaol iddi o'r hyn a wnaeth, ysbryd i eistedd wrth ei bwrdd bwyd, i fynnu ei hatgoffa ac i wenu'n faleisus arni dros bapur-bore-Sadwrn. Doedd Cain ddim yn gwneud y fath beth, wrth gwrs, ond dyna a gredai ei fam wrth iddi redeg yn wyllt o'r gegin a'i hwyneb yn boddi mewn dagrau.

O ganlyniad i hyn i gyd, dechreuodd Cain Lewis feddwl ei fod e'n rhywun arall, rhywsut – y cysyniad roedd Julie mor barod i'w wawdio dros ei gwydryn gwin. Yn aml roedd e'n gweld cysgod o adlewyrchiad yn fflachio ar ffenest trên, ac yn ffieiddio wrth y person rhyfedd hwnnw a welai o'i flaen, gan sylweddoli'n sydyn – ac yn cael braw ei fywyd wrth wneud – mai ef ei hun oedd y dieithryn dienw hwnnw. Yn waeth byth, roedd e'n gweld yr ofn yn llygaid ei fam pan fyddai e'n dweud neu wneud rhywbeth mewn rhyw ffordd arbennig, ac yn gwybod nad ohono ef ei hun y deuai'r nodweddion hynny, ond oddi wrth ei dad, oddi wrth ryw bŵer oddi mewn iddo na wyddai ddim amdano. Fedrai e ddim peidio â meddwl amdano'i hun, felly, ond fel dieithryn a hynny mewn dwy ffordd – y dieithryn allanol, yr wyneb oedd yn perthyn i rywun arall ac nad oedd yn ddim byd mwy na mwgwd iddo; a'r dieithryn oddi mewn, a wnâi iddo boeri ei regfeydd ar y stryd gyda rhyw rythm unigryw, ac yntau ei hun yn clywed y sain honno fel petai'n adlais o geg ogof bell, yn hytrach nag o'i grombil ef ei hun.

Chwyrlïodd ei feddwl yn ôl tua'r presennol. Doedd e ddim eisiau meddwl am y fath bethau annifyr rhagor, am y ddwy fenyw mewn oferôls melyn yn newid cwrs ei fywyd gyda chwrs o dabledi ac un llythyr gwag. Ysai i Emlyn ddychwelyd ato, fel y câi ddianc rhag ei feddyliau blin.

Teimlodd wacter mawr yn llenwi'r ystafell. Er na fedrai fod yn hollol siŵr o'r synau roedd e wedi'u clywed y bore hwnnw, gwyddai fod unrhyw beth oedd yn ddigon nerthol i'w rwygo o'i freuddwydion yn haeddu sylw go iawn. Yn enwedig pan oedd y breuddwydion hynny'n rhai anhygoel, yn cynnwys Mandi, Andi a Trixie, a bath mawr o fêl. Roedd yn rhaid iddo ddarganfod pam i rywbeth, yn rhywle, ostwng tymheredd ei waed hyd nes ei bod yn boenus o amhosib credu mewn ffantasi. Tan mai'r unig ddewis oedd realiti ceg agored, chwyslyd, oer.

Edrychodd Cain yn y drych. Fedre fe yn ei fyw gysylltu'r enw Cain Lewis â'r ddelwedd a welai o'i flaen. Ychydig wythnosau'n ôl, cyn yr esgid, y cnocio, y babi, roedd e'n ddyn normal. Wel, yn ddyn niwtral, o leiaf. Yn mynd a dod yn ôl ei ffansi, yn trefnu'i fyd yn fympwyol, araf-ddigon, ac yn gwrthod gadael i'r byd gael gafael arno'n ddigon hir i newid hyd yn oed y manylyn lleiaf. Nawr, teimlai fel petai'r byd hwnnw yn ei fflat. Yn eistedd wrth y bwrdd brecwast bob bore, yn gwisgo crys Hawaiaidd, yn smygu sigâr drwchus o Ciwba ac yn dweud, "gobeithio nad oes ots 'da ti, ond o'n i 'di meddwl aros am gwpl o ddyddie, os yw hynny'n iawn." Ac oedd, roedd yn rhaid iddo fod yn iawn. Doedd ganddo mo'r dewis.

Ond dewis, o ryw fath, oedd Emlyn. Pe na bai esgid wedi newid patrwm ei fywyd, ni fyddai Emlyn wedi golygu dim iddo, roedd e'n sicr o hynny. Ac ni fyddai hefyd, wedi gwneud yr hyn roedd ar fin ei wneud, sef camu allan o'i fflat, a hynny ar ddiwrnod nad oedd yn ddiwrnod gwaith, cerdded i lawr y grisiau, a chnocio ar ddrws Fflat 1. Y drws roedd wedi ei basio bob bore a nos dros ddwy flynedd a chwarter heb weld dim byd ond pren.

Gwisgodd yn frysiog, a rhoi ychydig o bersawr yn ei wallt er mwyn twyllo'r byd ei fod yn lân. Yna, caeodd y drws ar Fflat 2 a chamu'n araf, araf bach i lawr y grisiau.

Digwyddodd y peth yn llawer rhy sydyn iddo fedru'i ddeall. Wrth iddo ddechrau ar ei daith i lawr y grisiau, gwelodd y fenyw oedd yn ei hadnabod fel mam Emlyn (sef y baffwraig walltog, ryfedd,) yn taranu allan o'i fflat cyn rhewi tu allan i'w drws. Arhosodd Cain yn ei unfan. Petai hi'n dewis troi i fyny'r grisiau, byddai wedi canu arno. Ergyd go dda gan y fenyw fach, ac fe fyddai Cain yn yr ysbyty am wythnosau.

Ond nid felly y bu. Trodd ei phen i'r cyfeiriad arall, gan syllu ar y ddinas fawr frawychus tu allan i'r adeilad. Fel petai hi'n chwilio am rywbeth. Teimlai Cain awydd dweud wrthi nad oedd gan ddinas fyth atebion i'w cynnig, dim ond cwestiynau. Ond roedd yn amser ffôl i athronyddu'n gyhoeddus.

Camodd y fenyw allan o'r adeilad, ac wedi rhai eiliadau doedd dim trywydd ohoni o gwbl. Tybiai Cain fod Emlyn yn dal i fod tu mewn. Yn edifar am fagu mam mor anghyfrifol, mae'n siŵr. Cymerodd gam yn nes at y drws. Digon i sylwi ei fod yn gilagored. Cnociodd. Roedd e'n ddyn bonheddig, wedi'r cyfan.

Dim ateb.

Cnociodd eto.

Swn. Griddfan distaw, cyfarwydd.

Gwthiodd y drws led y pen ar agor, gan adael i olygfa'r ystafell donni dros ei lygaid. Paent. Dyna a darodd ei lygaid a'i ffroenau o bob cyfeiriad, o bob cysgod. Paent a phaent ym mhob man, fel petai'r ystafell gyfan wedi ei selio ynddo, gan rewi hyd yn oed yr eiliadau mwyaf diffaith â'i liw. Er bod y fflat yr un ffunud â'i un e, yn union fel y cannoedd o fflatiau eraill yn yr adeilad, roedd yr ystafell hon yn ddieithr iddo. Lle'r oedd e wedi gosod y bwrdd bwyd, roedden nhw wedi gosod pot blodyn yn llawn brigau, a'r rheiny'n gain yn erbyn golau'r haul. Ac ym mhob cornel, yn union fel y dywedodd Emlyn, roedd lluniau. Degau ohonynt. Cyfandir o brintiau du a gwyn ynghanol cefnfor o baent gloyw.

Yna, fe glywodd y griddfan eto. Rhywle i'r chwith. Trodd ei lygaid yn araf bach i gyfeiriad yr ystafell wely. Roedd e'n dechrau teimlo'n sâl. Ai Emlyn oedd yno? Wedi ei ddyrnu'n ddim gan ei fam? Ystyriodd droi yn ei ôl. Yna, cofiodd ei fod wedi rhoi ei air. Camodd i mewn i'r ystafell.

Doedd dim sôn am neb, diolch byth. Roedd hanner yr ystafell yn wyrddlas, a'r gweddill yn wyn, gyda rhyw linell fach anwastad, flêr yn y man lle rhoddwyd stop ar y paentio. A'r paent dros bob man arall, dros y celfi, dros y gwely, dros y ffenest, ac, yn rhyfeddach fyth, dros y ffôn. Fel petai'r byd cyfan yn dibynnu ar baent i'w ddal wrth ei gilydd.

Roedd y griddfan yn dwysáu bob tro y symudai ei draed. Edrychodd o dan y gwely, tu ôl i'r llenni, yn y cwpwrdd, hyd yn oed tu mewn i'r droriau.

Yna, clywodd rhywun yn cnocio. Ar ei esgidiau.

"Dwi'n gwybod beth wyt ti," meddai'n hyderus, gan gamu allan o'r ystafell. "Ffuglen. Ffuglen fach ddrwg fel y gweddill ohonyn nhw. A chei di mo 'nhwyllo i, na chei wir…"

Yr eiliad honno, clywodd sŵn pren yn symud yn ara bach, fel clawr arch yn codi. Trodd ei ben yn ofnus tuag at y sain hunllefus.

Gwelodd un o'r estyll ar y llawr yn symud.

Camodd yn nes. Yn y bwlch, yn friwiau i gyd, yn flin, ond eto'n fyw, roedd 'na ddyn.

Ac er nad oedd Cain wedi ei weld erioed o'r blaen, roedd e'n gwybod ei enw.

FFLAT 3

"**B**LE ry'n ni'n mynd?" gofynnodd y tlws–beth dienw.

"I rywle heb amser," meddwn i.

"A be 'newn ni fan 'na?" gofynnodd y tlws–beth dienw.

"Chwilio am rifau'r cloc, a'u bwyta nhw," meddwn i.

"Ddim i fod rhoi pethe siarp yn 'y ngheg. Mam yn gweud," meddai'r tlws–beth dienw.

"Wel fi yw dy fam di nawr, ti'n deall?" dywedais i.

Popeth yn iawn. Lle i bopeth a phopeth yn ei le. Ro'n i am adael, wyddoch chi. Heb achosi ffwdan i neb. Sleifio allan i'r dydd dilygad, a neb yn sylwi. Neb yn cofio. Ond nid felly oedd hi am fod. Nid felly o gwbl.

Dyna lle roedd e. Cnewyllyn bach o Gwydion, yno, ar waelod y grisiau. Ar ei ben ei hun. Mor finiog yw crafangau'r byd, yn enwedig ar wyneb meddal.

Ei brawd bach hi. Gallwn ei dychmygu'n gafael amdano'n dynn, dynn, ar draeth yn rhywle, wrth i minnau dynnu'u llun. Clic y camera a'r castell tywod ar ei hanner.

Ei weld e wnaeth i mi gredu yn y ddawns olaf. Credais, wrth weld ei fod o fewn fy ngafael, fod gen i adenydd, fy mod i'n angel. Felly camais allan ar lwyfan anwel yr awyr. A syrthio. Syrthio am i fi fod yn ddigon o ffŵl i gredu mewn adenydd, syrthio o'r gris cyntaf un, yr holl ffordd i lawr, *bang, bwm, caddddynmp, criiiiic, clamp*

154

bumff wmff c-c-c-c-c-c-c. Seinio'r utgorn.

"Pam neidiaist ti?" oedd ei gwestiwn cyntaf.

"Mae pawb angen gweld a ydyn nhw'n gallu hedfan."

Chwarddodd y tlws-beth, a'r doniolwch yn tonni'n ysgafn ar hyd ei wyneb. Rwyt ti'n hardd, meddyliais. Rhy hardd i gael dy adael fan hyn. Clic y camera, ac yntau'n estyn ei lolipop olaf i'w chwaer fawr.

"O ble doist ti?"

"Fyny."

"O'r nefoedd?"

"Na. Ond fe awn ni yno os wyt ti ishe."

"Wyt ti'n adnabod Cain?"

Gwelais olau yn ei lygaid. Y math o olau sy'n crefu am y cadarnhaol. Fedrwn i ddim ei siomi.

"Cain yw'r byd."

"Ti yw Julie, ontefe?"

"Ie." Yr un wên eto. Clic y camera ac yntau'n gwthio'i chwaer fawr oddi ar ei beic. Y sgrechian llond y tŷ, ond y ddau'n chwarae'n ddiddig o flaen y tân am oriau wedyn, heb gofio dim.

"Helô Julie. Ti'n meddwl bod y babi'n iawn ar ôl i ti gwympo?"

Cwympo. Cwympo. Ro'n i'n dal i gwympo. Methu stopio.

"Na, mae gen i boen. Fyddet ti'n fodlon dod 'da fi i'r ysbyty?"

"Fi'n meddwl falle dylen i…"

"Dere mla'n. Ma Cain yn y car."

Mor syml. Achos dyna wyt ti, dyna oedd fy mhlentyn i hefyd. Oedolion sy'n cymhlethu pethau. Am eu bod nhw'n eiddigeddus. Eiddigeddus o amser sydd yn rhydd o bwysau'r byd. Fe ddois ti gyda mi. Am dy fod ti'n barod i gredu. Am fod gen ti reswm i fod eisiau dianc ac mae hynny'n ddigon i wneud i ti gredu fy ngeiriau i. Ac erbyn i ti sylweddoli fy mod i'n heintus o ddrwg, roedd dy wyneb bach di tu ôl i'r gwydr, yn gaeth. Ond doedd dim llawer o ots gen ti chwaith, yn y bôn, nag oedd? Antur fawr oedd y cyfan i ti. Delwedd newydd i chwarae â hi rhwng breuddwydion. Ti sydd â'th wallt yn arogli fel creision hallt, dy eiriau'n ddi-siap fel menyn. Ti sydd â'th lygaid yn gweld pob dim ond heb gwestiynu. Nid y gwir sy'n bwysig i blentyn bach, ond y ffeithiau. Os yw'r ffeithiau'n ddigon clir, yna caiff y gwir gelu i'r cysgodion.

"Ble mae Cain?"

Dyna ni eto, symlrwydd. Rwyt ti'n gwybod 'mod i'n dweud rhyw fath o gelwydd ond wnei di ddim gadael i ti dy hun gredu ei fod e'n gelwydd crwn, cyfan. Dyna pam rwyt ti mor gain i mi, ac fe fyddi di o hyd. Doedd dy rieni di ddim yn dy garu di ddigon. Dy dad di ddim yn dy garu di ddigon i 'ngwrthod i, a dy fam di ddim yn dy garu di ddigon i gydnabod 'mod i'n bod. Dydyn nhw ddim yn dy...

"Ishe mynd nôl nawr. Ishe mynd nôl."

... werthfawrogi di gan nad ydyn nhw erioed wedi cael cyfle i dy golli di. Sut gallen nhw wybod beth wyt ti? Maen nhw'n meddwl dy fod ti...

"Stopia'r car. Dim Julie wyt ti, ife? Nes ti 'nhwyllo i. Fel na'th Mam."

...'mond yn rhywbeth bychan, di-lais. Sut all dy fam dy fradychu? Dyna mae pobl yn ei wneud, fe fyddi di'n dysgu hynny. Ond nid gen i, oherwydd...

"Nage Julie wyt ti, ife?"

...byddaf i gyda ti, byth bythoedd. Gyda mi, fe fydd gen ti fywyd, rydw i'n addo hynny. A minnau'n cofnodi pob eiliad o dy fywyd brau – clic, clic, clic. Gyda mi, fe gei di'r haul cyfan ar blât, a hwnnw'n dylifo'n llawn mêl. Fe gei di gân fach felfedaidd cyn cysgu ac alaw braf i iro'r bore. Dim ond ti a fi, a'r heol yn ymestyn yn ddyddiau melyn o'n blaenau. Neb i wybod ein bod ni'n dau yn bod – neb i'n gwahanu ni. Gyda mi, fe fydd y byd cyfan yn troi o dy gwmpas di, heb i ti orfod poeni dim...

"Wy ishe mynd nôl! Plîs cer â fi nôl!"

... am ddeffro ynghanol nos i ystafell wag, onglog, oer. Byddaf i yno. Dyna'r holl bwynt. Fedrwn i ddim bod yno iddi hi, roedd hynny'n rhy newydd i mi, yn rhy newydd o lawer. Ond fe gollais hi. Ac yna'i charu. A'r lliwiau'n newid o hyd. Gwyn y gwêl y frân ei chyw, ac nid aur yw popeth melyn. Llwyd ac ynfyd, ni ddygymydd. Mae calon llawer afal bochgoch yn ddigon du. Dyna liwiau'r byd sy'n troi o'n cwmpas ac fe ddôn nhw i ddeall hynny. Mae'n rhaid...

"Fe fydd Mam yn dod ar dy ôl di. Mam a Dad a Cain a Julie."

... *iddyn nhw ddysgu: dysgu'r un wers sylfaenol honno sy'n rhaid i mi ei hanadlu bob dydd. Sef mai trwy golli rydyn ni'n caru, nid trwy gael.*

Nid fy mai i yw hynny. Nid fy mai i.

Am restr gyflawn o nofelau cyfoes Y Lolfa,
a'n holl lyfrau eraill, mynnwch gopi o'n
Catalog newydd, rhad – neu hwyliwch i
mewn i'n gwefan

www.ylolfa.com

i chwilio ac archebu ar-lein.

*y***L***olfa*

TALYBONT CEREDIGION CYMRU SY24 5AP
e-bost ylolfa@ylolfa.com
gwefan www.ylolfa.com
ffôn (01970) 832 304
ffacs 832 782